바람벽

양태순 수필집

양태순 수필집
바람벽

인쇄 | 2023년 2월 23일
발행 | 2023년 2월 28일

글쓴이 | 양태순
펴낸이 | 장호병
펴낸곳 | 북랜드
06252 서울 강남구 강남대로 320, 황화빌딩 1108호
대표전화 (02)732-4574, (053)252-9114
팩시밀리 (02)734-4574, (053)252-9334
등록일 | 1999년 11월 11일
등록번호 | 제13-615호
홈페이지 | www.bookland.co.kr
이-메일 | bookland@hanmail.net

책임편집 | 김인옥
교   열 | 배성숙 전은경

ⓒ 양태순, 2023, Printed in Korea
저자와 협의하여 인지를 생략합니다.

ISBN 978-11-92613-33-8 03810
ISBN 978-11-92613-34-5 05810 (E-book)

값 12,000원

본 서적은 2022년 한국예술인복지재단 창작지원금으로 발간되었습니다.

한국예술인복지재단
KOREAN ARTISTS WELFARE FOUNDATION

바람벽

양태순 수필집

북랜드

책머리에

기억 저편을 건너오는데 참 오래 걸렸다.

맑은 바람 맞으며 걸었고
먹구름 이고 걸었던 마음들
깜깜한 밤에 쓰고
꽃이 핀 길에서도 썼다.

그 모든 길 함께 걸으며
따스한 웃음으로 지켜주었던 바보를
늘 품고 산다.
그 바보를 사랑하면서
나도 바보가 되어가는 이야기

그 어디쯤을 서성이며
무성한 글밭에서 주운 깨알들
떠나보낸다.

2023년 봄 양태순

차
례

● 책머리에

1 소리맴이 길다

2 물결에 음표를 걸어두다

3 날마다 불을 밝힌다

4 햇살이 바다를 건너 들을 건너와 발밑에 눕다

1
소리맴이 길다

고구마를 캐며

　　　　　　　　　가을볕이 흐뭇한 미소를 흩뿌리는 오후
다. 나는 찐 옥수수를 들고 고구마 밭으로 가다가 넘어질 뻔했다. 저
혼자 깨춤을 추던 발이 조붓한 둑길을 벗어났기 때문이다. 남우세스
럽게 고꾸라지지는 않았지만 생채기가 난 발가락이 시원한 것이 운
동화가 달아났나 보다. 신발을 찾으려고 풀숲을 헤치자 놀란 풀무치
가 하늘로 날아오른다. 어디서 본 듯한 익숙한 풍경에 눈길을 떼지
못하고 날갯짓에 빠져든다.

　눈에 익은 것은 과거로 이어지는 때가 많다. 열두 살 무렵의 나는
고구마 밭에서 고구마 캐는 대신 메뚜기 잡느라 바빴다. 어머니와 형
제들이 한 고랑씩 맡아 줄기를 걷어내고 고구마 수확하느라 열심이
었지만 뒤처져 따라가는 내 호미질은 심드렁하기만 했다. 먹는 것은

좋아하고 일하는 것은 싫어하는 마음을 몸이 아는지 오금이 저리고 허리가 뻐근했다. 앉았다 일어섰다 하느라 진척이 없었다. 그만둘 핑곗거리를 찾느라 곁눈질이 한창일 때 흙 속에서 굼벵이가 나왔다. 놀라서 엉덩방아를 찧으며 엄마를 찾았다. 그 바람에 메뚜기가 놀랐는지 달아나고 나는 호미를 내던졌다. 이후 해 질 녘까지 반찬거리 메뚜기를 쫓아다녔다.

그 밭에는 굼벵이가 많았다. 어머니가 땅심을 키운다고 수시로 퇴비를 내고 분뇨를 뿌렸다. 또 겨울에는 고랑에 보릿짚을 덮어 주었다. 그 탓인지 포슬한 흙 속에 희고 탱탱한 굼벵이가 있었다. 크고 잘생긴 고구마를 캐서 손에 들고 자랑하려고 하면 굼벵이가 지나간 흔적이 있었다. 희한하게도 인물 훤한 고구마에만 흠집을 내놓기 일쑤였다.

어머니의 안타까움은 컸다. 가난한 집에서 다섯 남매 입히고 공부시킬 수 있는 터전은 밭뿐이었다. 보리, 콩, 고구마, 고추 등속을 심어 놓고 얼마나 자주 밭을 찾았는지 모른다. 자식들을 남들에게 밉보이지 않게 하고 배고프지 않게 건사하는 것은 생각보다 어려웠다. 지심 매고, 거름 주고, 가래질하는 것도 모자라 아침저녁 들러서 손으로 벌레 잡고 잘 크라고 축원했다. 건강한 땅심에서 풍성한 곡물을 거둬 새끼들 잘 키우자고 한 일인데 굼벵이만 통통하게 살이 오르고 자식들 입에 들어갈 천금 같은 고구마가 줄어들었으니 속이 아팠다.

우리 집은 물고구마 농사를 지었다. 요즘 사람들에게는 인기가 없지만 그때는 대부분 생산량이 많은 물고구마를 심었다. 모양과 색깔, 맛보다 수확량이 중요했다. 그래서 굵기는 해도 모양이 볼품없고 굼벵이가 파먹어 얽은 고구마가 많았다. 지나치게 굵은 것보다 배가 살짝 나오고 아담하면서 몸매가 매끈한 것이 상품 가치가 좋은데 말이다. 형제들이 먹은 것은 당연히 뒷전으로 밀려난 것들이었다. 별다른 요리법이 없던 때라 삶아 먹는 것이 다였지만 그 맛을 어디에 비할까.

오십 지나 무엇을 하며 살아야 할지 슬슬 걱정을 하던 차에 우연히 텃밭이 생겼다. 농사는 질색인 나지만 집과 가까워 텃밭을 가꾸어볼 마음을 내었다. 어머니의 훈수로 밭을 갈고 고구마를 심었다. 유기농 거름도 사서 주고, 잡초를 뽑고, 때맞춰 물을 주며 정성을 들였다. 그 덕인지 줄기가 곧잘 뻗어나가며 잎이 진녹색을 띠어 땅속에서 알이 쑥쑥 자라고 있는 줄 알았다. 나는 형제들과 나눠 먹을 생각에 군침을 삼키며 가을을 기다렸다.

오늘은 형제들이 모여 고구마를 캤다. 한 고랑씩 맡아서 캐기 시작했다. 호미가 흙 속을 부드럽게 파고들어야 하는데 텅텅 튕겨져 나오는 듯한 소리가 났다. 그래도 묻혀 있는 고구마에 대한 기대로 팔에 힘을 주어 호미질을 했다. 처음 드러난 실체는 엄지손가락 굵기였다. 낙심하지 않고 반 고랑을 캐어 봐도 씨알은 형편없다. 거의가 손가락 크기였고 간혹 조막만 한 크기가 있었다. 게다가 땅 깊은 것만 안 고구마 때문에 다들 손에 물집이 생겼다. 형제들은 캐낸 고구마를 들고 난리다. 이걸 어떻게 먹느냐고. 아무래도 내년 농사를 위해 빡시게 일하는 것 같으니 저녁은 격하게 차려야 한단다.

일을 시작할 때만 해도 나누어 먹을 생각에 몹시 설렜다. 이토록 부실한 놈을 숨기느라 잎들이 그리 무성한 줄 상상도 못 했다. 나는 민망한 속내를 숨기고 내가 지은 것이니 가져가서 잘 먹으라고 했다. 밭둑에 앉아있는 어머니는 우리가 하는 양을 보며 웃으시지만 아쉬운 마음까지 숨길 수는 없는지 고랑에 둔 눈길을 차마 거두지 못한다.

농사는 땅심이 큰 부분을 차지한다. 내가 얻은 작은 텃밭은 산자락 끝에 있다. 주인이 없어 산에서 흘러온 돌과 자갈들이 덮이고, 빗물에 보드라운 흙이 씻겨 나가 굳은 땅이 되었다. 고구마를 심기 전에 돌을 주워내고 삽으로 흙을 뒤집어엎어 땅의 기운을 살리려 애썼다. 그러나 어설픈 농사꾼이었나 보다. 가을걷이가 끝나면 주변에 지천으로 있는 풀을 베어 흙을 덮고, 그 위에 개 오줌을 뿌려주어야겠다. 잘 발효되어 좋은 거름이 되려면 그 방법이 최고이겠지. 형제들의 호미질로 조금은 부드러워진 흙을 내년 봄에는 사람 쟁기질로 발효된 거름과 잘 섞이게 해야겠다. 땅의 기운을 돋우기 위한 생각이 앞으로 내닫다가 끝내는 어머니에게 닿았다.

어머니의 마음밭 땅심은 무엇이었을까. 뼈를 녹이는 쓰린 통증을 참고, 가슴골이 땀범벅이 되도록 밭에 엎디어 호미질을 하고 또 할 수 있었던 힘은 어디에서 나왔을까? 힘든 노동에도 새참 먹는 것을 본 적이 없다. 종일 지치도록 움직인 몸은 밤에도 모로 누워 아침을 맞이했는데…. 그 알 수 없는 힘은 아마도 오 남매의 초롱한 눈망울이었지 싶다. 우리는 그렇게 어머니의 밭에서 자라 학교에 가고 결혼을 했다. 이제 그 밭은 황무지나 다름없어 바람만이 드나든다.

어머니를 본다. 오후 내내 밭에서 형제들의 토닥거리는 소리를 들었건만 귀찮은 기색이 아니다. 오히려 티끌 없는 보름달처럼 환하다. 어머니 마음밭의 땅심은 오 남매가 돈독한 정을 나누는 것으로 바뀌었나 보다. 울컥 솟구치는 뜨거운 덩어리를 겨우 가슴 밑바닥으로 밀어 넣고 큰 소리로 말했다.

"엄마, 내년에는 내 얼굴만 한 고구마 키워 놓을게. 꼭 와."

형제들의 웃음소리가 고구마 밭을 맴돌다 내 마음자락을 비집고 들어온다. 🌰

설머리, 거기 화석이 산다

화석은 시간을 품은 역사다. 산과 바다가 침식과 융기를 거듭하는 사이사이에 물결과 바람결을 층층이 새겼다. 멀게는 수십억 년, 가깝게는 몇만 년 동안 지구가 걸어온 길을 보여 준다. 그것은 모습이 되고 소리가 되어 아스라이 살아난다. 낱낱의 기록을 더듬어 보면 생과 사는 흐름의 일부일 뿐임을 알게 된다. 스며든 결을 읽어내는 것은 재미를 넘어 뭉클함이다.

설머리에는 화석이 있다. 사십 년 전, 나는 친구들과 바다를 자주 찾았다. 파도가 지분거리며 맨발에 감겨드는 맛이 좋았고 화석을 찾는 즐거움도 있었기 때문이다. 신나게 바닷물을 따라 들어갔다가 파도보다 먼저 도망을 나오느라 깔깔거리기 바빴다. 그러느라고 영일대해수욕장 입구에서 이곳까지 꽤 먼 거리를 지루하지 않게 걸어왔다. 길의 끝에는 돌무더기가 있었다. 보물찾기를 하듯 샅샅이 뒤져가며 화석을 찾았다. 주로 나뭇잎 모양이었지만 조개 모양을 찾기도 했다. 천만 년 전의 흔적이 담긴 줄도 모르고 놀잇감으로 여겼다.

백사장 모래가 마치 하얀 눈에 덮여 있는 것처럼 보인다는 뜻의 설머리다. 오래전 설머리는 지금과 많이 달랐다. 여기가 해안길의 끝지점이었다. 하얀 모래가 멀리서 보면 가루설탕처럼 반짝였고 작은 어선들이 모래톱에서 가볍게 출렁였다. 배 주변에는 생선 대가리 서너 개가 반쯤 묻힌 채 웃고 있었다. 그 비릿한 냄새에 홀린 갈매기들의 어지러운 비상이 장관이었다. 주민들의 집은 지붕이 지붕을 안은 듯 나부죽 엎드렸고 생업은 바다에서 삶을 건지는 일이었다.

친구의 아버지는 어부였다. 고기잡이를 한다, 못 한다, 선택권이 없는 자동 승계였다. 천직이라 여기고 눈만 뜨면 날씨부터 살폈다. 배를 띄울 수 없는 날은 텁텁한 막걸리로 피곤함을 달랬고 이웃의 사고 소식을 듣는 날은 담배에 연거푸 불을 붙였다. 두려운 마음을 누르고 눌러 그물을 내리고 걷어올리기를 반복했다. 시간은 헛되지 않았는지 바다를 읽을 줄 알았다. 그렇게 고깃배 운전이 능숙해졌을 때 친구 어머니는 생선 장사를 시작했고 살림이 나아졌다.

그 무렵 설머리에 개발 바람이 불었다. 막힌 길을 뚫어 해안도로를 완성하기로 한 도시 정책에 마을이 들썩였다. 길을 내자면 누군가는 마당을, 누군가는 집의 반쪽을 내어놓아야 했다. 보상금이 회자되고 소문은 소문을 낳았다. 이웃이 떠나고 빈집이 늘어나고. 친구 아버지의 얼굴에는 짙은 그늘이 드리웠다. 드문드문 높은 건물이 들어서고 횟집 간판이 달렸다. 사람들이 들락거리고 차들이 빵빵거리자 가족들은 마을을 떠나자고 재촉했다. 그의 꽉 다문 입은 끝내 열리지 않았다.

그의 시대는 서서히 저물기 시작했다. 다행인지 불행인지 마을 뒤쪽에 집이 있어 억지로 떠날 필요는 없었다. 하지만 해가 갈수록 자식들은 새로운 보금자리를 찾아가고 그는 옛 그림자를 끌어안은 채바다로 가는 날이 많아졌다. 어황은 신통치 않았으나 배를 놀리지는 않았다.

저문다는 것은 빛이 스러지는 시간이다. 길지 않은 어둠이다. 그믐달이 지고 초승달이 뜨는 시간만큼 기다리면 빛은 새로 돋는 법이다. 그의 우직한 본능이 그런 혜안을 가졌던 것일까. 설머리는 회타운으로 거듭나고 횟집에서 먹는 생선을 책임지는 것은 터전의 뒷자리로 밀려났던 어부들의 몫이 되었다.

떠났던 자식이 돌아왔다. 아버지에게 잇속을 챙길 줄 모르고 미련하게 군다는 타박을 퍼붓고 떠났던 딸이었다. 난전에서 회를 뜬다. 생선 냄새 지긋지긋해서 생선도 먹기 싫다고 했는데 말이다. 이 일 저 일 해 봐도 내 일이라 싶은 게 없었던 듯싶다. 무릎관절 수술한 어머니를 핑계로 장사를 이어받았다.

그의 얼굴은 그사이 화석처럼 굳어가고 있었다. 웃고 있는지 울고 있는지 분간이 어려운 나이가 되어 뼈의 마디마다 바닷물을 머금었는지 따갑고 쓰렸다. 이제 그는 몇 발자국 걷는 것이 힘에 부친다. 풍파 앞에 집념같이 단단했던 어깨마저 앙상하다. 변화의 물결을 받아들이고 받아들여 깊게 새긴 주름의 고랑만 더 선명하다.

머지않아 그는 떠날 것이고 몸은 사라질 것이다. 그렇다고 모든 삶의 기록이 지워지는 것은 아니다. 그의 아버지 역사에 그의 역사를 더하여, 사람에서 사람으로 이어지다 더는 전해질 이야기가 없을 때 화석이 된다.

화석은 견뎌온 사연을 수놓은 무늬다. 하루라는 티끌을 과거와 현재를 뒤섞는 매개체로 썼다. 그 무늬는 너울처럼 밀려드는 시련에 맞서 극복하고 순응하여 모서리가 깎인 삶의 자국이다. 수없이 많은 날이 압축된 파일이 되었다. 지구라는 거대한 수레는 계속 돌고 있다. 설머리란 이름도 언젠가는 화석이 될 것이다.

그러나 오늘 아침은 찬란하게 열렸다. 수평선 위로 태양이 솟아오르자 빛내림이 물결 위로 쏟아졌다. 때맞춰 물고기 한 마리가 자맥질하듯 솟구쳤다. 저 멀리 고깃배가 미끄러지듯 항구로 돌아오고 있었다. 카메라 셔터를 연신 눌렀다. 축항에서 만난 어부가 일출을 보러 왔느냐고 물었다. 씩씩하게 고기 보러 왔다고 했다.

설머리의 아침 풍경과 낮의 풍경은 많이 다르다. 아침이 바다라면 낮은 사람이다. 해가 떴는데도 서성거리는 낮달처럼 둘은 서로를 의식하지 않은 채 궤도를 걷고 있다. 열다섯 살부터 고기를 잡았다는 일흔여덟의 어부가 걸어온 시간에서 나는 화석을 보았다. 🐦

손의 온도

　　　　　　　　　　새로운 버릇이 생겼다. 짬이 날 때면 손을 보며 시간을 보내는 것이다. 인터넷에 올라온 손 관련 성격테스트, 두뇌테스트를 반복해서 읽어 보고 나와 비교한다. 그러다 지루해지면 손금 보는 것으로 넘어간다. 어제 본 손금과 달라졌을 리 없건만 혹시나 하는 마음에 돋보기까지 동원한다. 왼손은 운명이고 오른손은 미래를 보여주며 손금이 변하기도 한다는 어느 전문가의 말을 들은 뒤부터다. 생명선, 지능선, 감정선은 관심 밖이고 재물운이나 말년운에 집착한다. 좋다는 선이 없거나 중간에 끊어졌으면 손톱으로 꾹 꾹 눌러서 이어본다.

　관심사가 변했으니 사람을 만나면 얼굴보다 손을 먼저 본다. 손을 보고 얼굴을 볼 때 깜짝 놀랄 때가 있다. 손이 참 고운데 얼굴은 구겨진 종이처럼 버석한 사람이다. 그런 사람과 같이 있을 때는 왠지 불안하다. 괜한 선입견인지 모르겠지만 매사에 트집거리만 찾는 사람 같다. 말실수라도 할까 대화에 흔쾌히 참여할 수가 없다. 어떤 이는 손마디가 굵고 손톱이 닳은 거친 손이지만 얼굴은 은은한 달빛 같다. 이런 사람과 보내는 시간은 항상 짧게 느껴진다. 재미있는 화제가 아닌데도 웃음소리가 끊이지 않고 무슨 말을 해도 뒷담화 걱정이 없다. 그런 날이면 나는 거울 앞에서 얼굴에 손을 올려본다.

손과 얼굴이 비슷하게 늙어가기를 바라는 마음에서다. 사람들이 얼굴보다 손이 못나면 고생하는가 보다 생각할 테고, 손보다 얼굴에 주름이 더 많으면 짜증이 많아 부정적이라 생각할까 봐서다. 거기에다 손이 험하면 남편을 욕 먹이지 싶고, 얼굴이 짜글짜글하면 내 성격이 나쁘다 지레짐작할까 걱정도 된다. 그러니 얼굴에 화장하듯 손 단장에도 정성을 들일 수밖에 없다. 거울에 하루에 두 번 핸드크림 바르기, 사흘에 한 번 매니큐어 칠하기, 고무장갑 끼고 설거지하기, 쓴 메모지를 붙인다. 돌이켜 보면 나는 예전부터 손에 각별한 애정이 있었던 듯하다.

나는 친구와 손깍지를 하고 다녔다. 여자들은 대부분 같이 다닐 때 팔짱을 끼거나 나란히 서서 걷는다. 나와 친구는 쇼핑을 하러 갈 때, 거리를 걸을 때 손깍지를 했다. 누가 먼저 했는지 모르겠지만 그렇게 하고 다니는 것이 좋았다. 말없이 한참을 걸어도 말이 필요하지 않았다. 특히 찻집에서 속상했던 일, 고민거리를 얘기한 후 잡는 손은 백

마디 말보다 더 많은 위로가 되었다.

결혼 전에는 엄마의 손을 잡고 잤다. 늘 객지 생활을 하다 잠시 집에서 출퇴근을 하던 때였다. 자리에 누워서 손을 잡고 도란도란 얘기를 나누었다. 엄마의 이야기 곳간은 비는 날이 없었다. 오늘 마을에서 있었던 소식으로 시작하여 차츰 옛날로 거슬러 올라갔다. 나는 들으면서 그랬나, 그래서, 그랬구나, 추임새만 넣었다. 내가 몰랐던 집안의 사건을 알게 되고 엄마가 살아오면서 힘들었던 속내를 슬쩍 엿보게 되었다. 덤으로 내겐 잊힌 어릴 적 기억도 만났다. 손을 잡은 채 이야기를 듣다가 어느결에 잠에 빠지고는 했다.

이제는 남편의 손을 잡고 잔다. 불을 끄고 누워 손을 잡고 있으면 둘이라 행복하다는 생각이 든다. 남의 편이라 남편이라 부른다는 그가 이 순간만은 내 편이고, 나와 같은 생각을 한다고 믿어진다. 잠깐이나마 아이들 이야기를 나누는 날에는 마주 잡은 손에서 따뜻하고 깃털같이 포근한 무언가가 만져지는 느낌이다. 그러나 첫잠에서 깨어보면 서로 편한 자세로 자고 있다. 다시 손을 잡을 때면 그가 애잔하다.

남편의 왼손에 지워지지 않는 상처가 있다. 십오 년 전, 회사에서 사고로 왼손 약지를 다쳤다. 나는 마디 복원 수술을 권했지만 그는 거절했다. 다른 사람이 한 것을 보았는데 영 이상했다며 차라리 생긴 대로 두는 것이 덜 어색하단다. 그러면서 새장가 갈 일도 없는데 뭐 하러 하냐는 말을 툭 던졌다. 시간이 지날수록 왼손이 눈에 밟힌다.

그래서 텔레비전을 보면서 여러 가지 테스트를 핑계 삼아 손을 조몰락거린다.

손은 많은 일을 한다. 기본적인 욕구인 식욕을 해결하는 것에서부터 인간이라면 당연히 베풀어야 할 인정을 실천하는 것에까지 도움을 준다. 또 가장 지저분한 뒤처리를 하는 동시에 깨끗하게 하는 청소와 세수를 한다. 나는 사람이 사는 데 손의 일이 중요하지만 으뜸을 꼽으라면 서로 손을 잡는 것이다. 우리가 손을 잡는 순간에 느끼는 감정은 하나로 이어진다. 상갓집에서 상주와 마주 잡은 손, 상처로 얼룩진 마음을 어루만지는 손은 말로 표현되지 않는 언어다. 환한 온기의 전달체다. 사람이 마음을 만질 수가 없으니 손을 만지는 것으로 대신하는 것이 아닐까 싶다.

손이 성할 날이 없는 남편이다. 오늘도 망치질을 잘못하여 손톱에 피멍이 들고 둘레가 퉁퉁 부었다. 약을 발라주며 안쓰러운 마음에 "좀, 조심하지." 하고 툭 던졌다. 괜찮다며 슬그머니 감추는 손에서 예전의 상처까지 보고 말았다. 끝마디만 다쳐서 무심히 살았는데 나이가 들수록 힘줄이 약해지는지 손가락이 굽었다. 저녁 내내 손에서 눈을 뗄 수가 없다. 부자가 되는 손금이 있는지 본다는 핑계로 손을 만지작댔더니 가만히 맡겨 준다.

내 손도 살펴본다. 내 손은 보드라운 촉감과 거리가 멀다. 험한 일을 많이 해서 거칠어진 손과는 다르게 마른 나뭇잎같이 물기가 없다. 그냥 눈으로만 보면 평범한 손이다. 눈길을 잡아당길 정도로 특별하지도 않고 많은 사연을 숨기고 있을 정도로 풍부한 표정을 가지지도 않았다. 나이에 맞게 조금씩 핏줄이 도드라지고 있을 뿐이다.

남편은 내 손이 작다는 말을 자주 한다. 그 말속에는 나를 생각하는 마음이 깊다는 것을 안다. 어쩌면 태어나는 순간부터 세상의 것을 내 것으로 만들기 위해 안간힘을 쓰던 손이다. 이제는 건강이 일 순위로 올라서는 지점에 와 있다. 나눠줄 게 별로 없는 나로서는 없는 재물선을 만들기보다 따스한 손을 나눠주는 것이 좋으리라. 적당한 온도를 실어서 잡아주고 다독여주는 나만의 위로를 건네는 손. 그것이 나를 위해 애써준 손에 대한 예의가 아닐까. 🌿

길닦음
– 「바이칼, 단군의 태양을 품다」를 읽고

아버지의 산소를 찾았다. 산길을 오르는
데 거치적거리는 잡풀로 인해 쉽지가 않다. 지난여름, 땅찔레, 억새,
도깨비바늘, 옻나무, 자라기 시작한 밤나무들이 서로의 영역을 확장
하느라 치열한 시간을 보낸 흔적이다. 예초기로 잡풀을 베어내며 길
을 오르려니 가시에 찔리고 풀에 쓸린 살갗이 쓰라리다. 등에 짊어진
기계가 무거워 산길을 오르는 걸음이 비틀거리고, 얼굴에 땀이 흐른
다. 축축한 옷도 등판에 달라붙는다. 길을 내며 간다는 말의 의미를
새겨 본다.

　길은 마음을 부른다. 곳곳에 넘쳐나는 여행객과 숲길, 해안도로에
서 마주치는 사람들의 걸음이 그것을 증명한다. 산을 무너뜨려 길을
내고 바다를 메워 낸 길들은 넓고 아득한 곳까지 뻗어 있다. 나도 그

길을 자동차 가속페달에 힘을 실어 달리다 돌아오고는 한다. 짧은 드라이브 끝에는 언제나 아쉬움이 남는다. 제 앞에 놓인 길을 보면서 그 길의 끝이 궁금하지 않을 사람이 드물지 않을까.

용배는 태어난 순간부터 정해진 길이 있었다. 세습무당의 아들로 태어나 무당으로 살아야 할 운명이었다. 하지만 피할 수 있으면 피하는 방법을 찾고 싶었다. 대학에서 민족문화연구회라는 동아리에서 민속신앙을 공부했다. 무속 문화를 알아보기 위해 각 지역의 무속을 관람하고 무가를 채록하러 굿판이 벌어지는 마을을 학습 현장으로 삼았다. 그곳에서 외래 종교가 확산하면서 무속을 귀신놀음으로 경시하는 사람을 만날 때마다 세포들이 분수처럼 일어서는 것을 느꼈다.

길이란 본래 사통팔달이다. 목적지로 가는 길은 각자의 성향에 따라 직선, 곡선, 나선형을 선택한다. 용배는 자신의 운명이 부끄러워 화랭이라는 사실을 밝히지 않았지만 학습 현장을 방문할 때마다 굿에 대한 의미를 찾으려는 자신을 발견했다. 의식 아래에는 존재의 뿌리인 무당의 피를 인식하고 있는 탓이었다. 전국을 돌며 접한 사람들의 생각 속에는 굿의 의미가 퇴색하고 있다는 것을 알았다. 학습 현장에서 미신이라 치부하는 사람들에게 상처받고 분노하며 성찰하는 나선형의 길을 톺아온 용배는 굿의 의미와 역할을 되살리기 위해 방법을 모색한다. 변화하는 사회에 적응할 수 있는 굿으로 반드시 살리리라 다짐하며 첫 번째 한 일이 마을에 장승 세우기였다.

불배에서 밤바다를 밝히며 타오르는 지화를 보며 과거의 어느 날이 날아와 내 앞에 펼쳐졌다. 아버지를 비롯한 조상의 영혼을 좋은 곳으로 보내기 위해 어머니가 마련한 일박 이일의 굿이었다. 상에는 연꽃을 비롯한 지화와 간단한 음식이 차려져 있다. 앞에는 장구에 맞춰 무가를 하는 무당과 가사를 걸친 스님이 재금을 울리며 팔 동작을 크게 혹은 느리게 움직인다. 나는 어른들이 시키는 대로 절을 하고 별비를 올렸다. 밤새 이어지던 굿이 꽹과리, 장구, 무가가 어우러져 미친 듯이 울어 사람들의 혼을 쏙 뺀 후 길닦음을 한다고 무명천을 길게 펼쳤다. 무당이 낮고 쉰 음색으로 뱃노래를 부르며 상자에 종이 인형을 담은 것을 밀었다 당겼다 했다. 그러고는 신태집(그때는 몰랐음)을 태우러 간다고 골목으로 나갔다. 이 책을 읽고서야 길닦음과 신태집이 무엇인지 알았다.

그날, 처음에는 굿이 헛짓이라 여겼다. 학교에서 배운 대로 미신일 뿐인데 돈을 들여 일을 벌이는 어머니가 이해되지 않았다. 그러나 절을 하며 밤을 새우는 동안 어느새 아버지가 좋은 곳으로 가기를 빌고 있었다. 일생을 힘들게 살다 이렇다 할 꽃을 피워보지 못하고 병치레로 보낸 날들이 안타까워 극락에서 편히 살기를 기원했다. 아마도 형제들의 마음도 그러했으리라.

이 책을 읽으며 굿의 역할이나 의미에 대해 생각해 보았다. 용배는 굿을 통해 마음을 거두어 천상에 올려 보내는 일, 그 길닦음을 하는 것이 무당의 일이라고 했다. 우리 집에서 했던 굿을 돌이켜 보면 무당이 먼저 물아일체의 경지에 다다르면 제주와 동참하는 사람의 마음이 일체가 되어 미신이라 믿었던 마음이 사라지고 간절한 염원이 하늘에 닿기를 바랐다. 굿을 이끈 무당들이 밤을 새며 혼신의 힘을 다한 후 기진하여 몸을 다시 추스르기를 여러 번이었다. 입이 마르고 목이 쉬어도 계속하던 무당의 모습을 생각했다. 굿의 의미를 알지 못했다면 그런 집중과 몰입이 가능했을까 싶다.

굿의 뿌리를 우리의 역사에서 찾고자 하는 용배의 시각을 따라가 본다. 단군조선의 시원이 바이칼호 유역이라는 데에 놀랐다. 우리나라와 비슷한 샤머니즘 문화가 있고 솟대에 앉은 오리가 같다는 사실이 엄청 신기했다. 거기다 부랴트족의 한 갈래가 코리이고 그것이 부여족과 고려족의 시조가 되었다는 것을 읽고 정신이 번쩍 들었다. 나의 뿌리가 어디인지 찾아볼 생각도 않고 달달 외운 지식으로 만족한 내가 부끄러웠다. 시험을 위한 역사 지식이 얼마나 부실한지 새삼 느꼈다.

나는 지도를 펼치고 바이칼호를 찾았다. 우리나라에서 거기까지의 거리를 찾느라 네이버를 뒤졌으나 검색 실력이 부족한지 확실한 것이 없었다. 다만 가창오리의 이동거리가 4,000km가 넘는다는 사실만 알았다. 그 먼 거리를 해마다 반복할 수 있는 것은 먼저 다녀간 오리들의 목숨을 건 험난한 길닦음이 있었기 때문이다.

우리의 조상들도 남쪽으로 이동하면서 수많은 위험과 맞닥뜨렸을 것이다. 모세가 유대인을 구출하여 약속의 땅으로 가면서 겪은 일을 영화로 보았으나 짐작할 수 있는 범위를 넘어선다. 무리가 이동할 때면 야생동물로부터 생명을 지켜야 하고 날씨로 인한 재해에 대처해야 한다. 무엇보다 우선 해결되어야 할 것은 배고픔이다. 위험한 환경에 놓여 지치고 힘든 사람들의 갈등과 분열이 심심찮게 폭동으로 이어졌을 테고 우두머리는 흩어지는 마음을 모으고자 고심했을 것이다. 그래서 한울을 우러러 모셔 상황에 따라 축복과 벌, 당근과 채찍으로 힘을 모았고, 나아가 죽음 이후의 영혼을 신성한 의식으로 보내드리며 죽음의 두려움을 희석하려 했으리라.

길을 만들며 나아가는 것은 생각을 뛰어넘어야 한다. 철새인 가창오리의 이동이 그렇고 바이칼호에서 이동을 시작한 민족의 시조가 그렇다. 생각에 얽매이는 대신 절실한 마음을 행동으로 옮겨야 가능한 일이다. 더 좋은 환경과 더 나은 삶을 위한 스스로의 선택이지만 많은 희생을 치르며 이루어 낸 길이다.

개인의 삶 또한 길닦음의 과정이 필요하다. 각자의 앞에 놓인 길을 선택하는 것은 자유지만 같은 길은 하나도 없다. 앞서간 사람들의 길을 참고하고 옆 사람의 도움을 받을지언정 결정하는 것은 온전히 자신의 몫이다. 자신만의 방식으로 부딪치며 부단한 노력으로 만들어가야 한다.

남은 생을 어떻게 살아갈 것인지 생각해본다. 용배는 굿을 사회적 문제로 접근하여 되살리고자 길닦음을 자초하여 불배를 선택했다. 나는 그런 거창한 신념이나 적극성은 없다. 그저 소소한 행복을 추구하는 소시민일 뿐이다. 그런 내가 할 수 있는 것은 가족을 위한 정서적인 지원과 무한애정으로 격려와 칭찬을 하는 일이다. 또한 정신과 마음이 충만해야 건강한 삶을 살 수 있다는 것을 보여줘야 한다. 끝까지 나를 수양하고 단속하여 온갖 부정과 혼탁한 세상으로부터 흔들리지 않고 맑은 정신으로 자신을 지켜나가는 삶을 실천해야지 다짐한다.

이 책을 읽는 동안 길닦음에 대해 깊이 생각해보는 시간이었다, 개인의 입장과 단체의 입장에서. 변화에 적응하기 위해 과거의 문화와 풍습을 무작정 버리기보다는 지키면서 변화를 수용할 수 있는 방법을 모색하면 좋겠다. 내가 명심할 것은 알고 있는 지식이 생각보다 얕으므로 열린 사고를 가져야 한다는 것이다. 그리고 항상 시대의 흐름을 바르게 읽어 유연하게 대응할 수 있도록 배움을 게을리하지 말아야겠다. 🫒

닭바위

독도의 아침을 여는 것은 무엇일까. 바다를 찢고 솟아오르는 햇덩이의 황금 빛살, 습새의 울음소리, 섬이 생긴 순간부터 끊임없이 부서지는 파도 소리. 이것은 날씨, 환경에 따라 있기도 하고 없기도 하니 아니라고 말하고 싶다. 나는 밤의 어둠과 여명의 중간쯤에 깜빡 불이 켜지는 독도 주민의 집에서 새어나오는 불빛이라고 생각한다. 일 년 내내 하루도 빠지지 않고 켜진 불빛은 약하지만 독도를 밝혀 섬에 사람이 살고 있음을 알리는 가장 확실한 신호가 된다.

독도의 자연은 순리에 따라 변하고 있다. 바위가 많아 돌섬이라 불리기도 한 독도는 이름에 걸맞게 동도와 서도는 물론 주변 섬에도 바위가 많다. 처음부터 사람이나 식물이 살기 좋은 환경은 아니었다.

숫자로만 적을 수 있는 시간이 흐르고 화산섬이던 독도에 왕해국, 섬기린, 박주가리가 계절 따라 바위틈으로 뿌리를 내리고 꽃을 피운다. 또한 바다제비, 산솔새, 황조롱이가 둥지를 틀고 새끼를 부화하는 삶터가 되었다. 이렇듯 바위는 스스로를 주장하지 않고 조용히 아픔을 삭이며 깎여 자연에 녹아든다.

250만 년 전에 태어난 닭바위가 그렇다. 바다 속에서 솟구쳐 올라 말간 해와 처음 인사를 나누던 날은 잘 벼린 칼날과 같아 닿기만 하면 베어버렸을 것이다. 그랬던 바위가 웅웅거리던 인어의 눈물에 씻기고, 잘박거리는 자장가에 몸을 맡기고, 숨이 가쁘게 달려오는 물마루를 막아서는 사이에 조금씩 날은 무디어졌다. 어디 그뿐일까. 괭이갈매기의 날갯짓과 수평선을 넘나드는 깊고 부드러운 바람, 허공을 스치는 공기도 기꺼이 받아들였다. 닳고 닳아 당당하면서도 거만하지 않고, 작지만 넓은 품을 가진 어미 닭의 형상이 되었다.

어렸을 때 병아리 부화 과정을 지켜본 적이 있다. 겨울이라 바깥이 추워서 빈방에다 자리를 만들었다. 봉태기에 마른 볏짚을 켜켜이 깔고 알을 담고는 암탉을 불러들였다. 내가 닭이 어쩌고 있는지 궁금해서 가까이 다가가면 고개를 든 목에는 깃털이 바늘처럼 서 있었다. 겁을 내기는커녕 눈을 깜빡이지도 않고 나를 쳐다보았다. 오히려 내가 오금이 저리는 듯하여 뒷걸음쳤다. 어두운 밤에는 자고 있겠지 싶어 살그머니 들여다보면 꾸우 꾸우욱거리며 깃털을 곤두세웠다. 일심으로 태어날 새끼를 지키는 것이다.

우리 집에도 새끼를 지키는 어미 닭이 있다. 골골한 아버지를 대신하여 집안을 돌보던 할아버지가 먼 길을 떠나시자 어머니는 달라지기 시작했다. 아담한 체구에서 뿜어져 나오는 힘은 설명이 불가능할 정도였다. 새벽에는 텃밭으로, 낮에는 논으로 밭으로 종종거렸다. 점점 웃음이 없어지고 눈에서는 너그러움 대신 걱정만 출렁였다. 내가 밥을 먹었는지 학교를 갔다 왔는지 묻지도 않았다. 어머니의 한쪽 무릎만이라도 내게 줄 것을 원하던 그 무렵, 나는 손발이 세 쌍인 괴물이 부러울 지경이었다. 그러나 누가 우리를 얕보는 듯한 표정이면 눈꼬리가 올라가면서 눈에서 서늘한 빛을 쏘아냈다.

어머니의 심중에 내가 없는 것 같아 서운했던 나는 이때다 싶어 치맛자락을 붙잡았다. 내 손을 떼어내면서 눈길은 이미 다른 데를 가고 있었다. 떼를 쓰고 싶어도 훤히 아는 사정 때문에 그럴 수 없었다. 밤에는 삼베옷에 풀을 먹이고 다듬이질도 벅찼는데, 아버지를 위한 으름덩굴, 인진쑥 손질에 바빴다. 아버지의 밭은기침이 심한 날은 등을 두드려주고 물을 떠다주느라 잠다운 잠을 자지 못했다.

어머니는 모진 시간을 바위처럼 묵묵히 견뎠다. 눈에 핏발이 서도 등을 누이지 않았고 고무신 뒤축이 낡아 헐거워져 모래가 들어와도 탈탈 털면 그뿐이었다. 종아리가 땡땡해도 우지끈 힘 한 번 주고 일어서면 종일을 버티고, 물에 만 보리밥 한 그릇으로 허기진 배를 달래면서도 아무 말이 없었다. 그저 자는 아이의 볼을 쓰다듬는 것이 전부였다. 그런 날이 쌓이며 새끼들은 저마다 길을 찾아 떠나고 파랑게 날을 세웠던 바위는 둥글게 탁마되었다.

바위는 시간을 먹고 새롭게 태어난다. 산꼭대기에 비스듬히 자리한 바위는 우리에게 두려움을 준다. 혹시 산짐승의 울음소리를 견디지 못하거나 강풍을 견디지 못하여 흘러내릴까 불안해한다. 그러나 바쁘다 보면 잊고 살기 마련이다. 수십 년이 지난 어느 날, 무심히 쳐다본 바위는 산과 어울려 또 다른 얼굴을 하고 있다. 그렇게 바위는 앉은 자리에서 제 몫을 다한다.

동해에 떠 있는 닭바위가 그러하다. 자그마한 덩치지만 온몸으로 부딪치고 버텨내어 비록 깎일지언정 깨뜨려지지 않는다. 그 자리에서 눈을 부릅뜨고 오랜 세월 다른 바위들과 어울려 멋진 풍경을 선사했다. 닭바위는 우리의 선조들이 지키고, 우리가 지키고, 우리의 후손들이 지킬 독도를 지키는 일원으로 거듭나고 있다.

일본은 독도를 차지하고자 단계별로 수위를 높이고 있다. 몇 년 전만 해도 시네마현에서 추진하고 있는 다케시마 영유권 운동은 일본 정부는 인정하지 않는다고 말했다. 지금은 초등 교과서부터 독도는 일본 땅이라고 가르치고 있다. 또 국제사회의 인정을 받고자 독도 관련 홍보물을 제작하여 외교활동을 벌이고 있다.

우리는 무엇으로 독도를 지켜낼 것인가. 독도 주변에는 장군바위, 촛대바위, 군함바위, 코끼리바위가 있다. 모두 씩씩하고 늠름한 용장을 연상시킨다.

우뚝 선 채로 수없이 할퀴는 파도와 바람에 맞서고 있는 기세등등

한 모습에 독도를 걱정하지 않아도 될 것 같아 안심이 된다. 한편으로 이름에서 느껴지는 총부리 때문에 살짝 걱정이 되기도 한다. 내 것을 지키는데 항상 싸움만이 능사가 아니기 때문이다. 팽팽한 긴장을 느슨하게 해줄 무언가가 필요한데 닭바위가 있어 얼마나 다행인지 모른다. 새끼를 위해서라면 한없이 참고, 모자라면 모자란 대로 품을 벌려 넉넉히 안아주고, 길을 열어주던 어미 닭. 분명 푸른 독도에서 공존하는 법을 알려줄 것이다.

많은 세월이 흘러도 언제나 그 자리에서 온 바다를 품고 있을 닭바위다. 온갖 풍상에 깎일지라도 굴하지 않고 안으로 안으로만 채찍질하여 바다 위아래 모두를 더 성숙하게 감싸 안을 바위다. 어미 닭이 눈빛 하나로 나를 제압하듯, 어머니의 묵묵함이 더 큰 힘이 되듯, 칼날을 앞세우지 않아도 은근히 뿜어내는 기운으로 독도를 지켜낼 바위다. 거기에 매일 독도의 아침을 여는 부드러우면서 꺼지지 않는 빛을 지켜낼 의지가 우리에게 있다면 독도는 우리의 땅이다. 영원히.

여천동 추억방 펼치기

한낮이 졸고 있다. 골목 안은 한 블록 건너의 차량 소음과 거친 발소리, 말소리가 섞여 혼잡한 시가지와는 사뭇 다르다. 초여름 볕이 늘어선 자동차 위에서 하얗게 부서진다. 그 사이로 길고양이가 늘어진 걸음으로 쓰레기봉투를 기웃대고 있다. 짙은 그림자를 안은 가게와 가게로 이어진 길에는 허공에 이름을 매단 간판이 커다랗게 하품을 한다. 떡볶이집 안에는 고추장을 덮어 쓴 떡볶이가 철판 위에서 말라가는데 뒤집개를 움직이는 주인의 손길은 주름이 깊다. 주변 전체가 움직임이 없다. 한때 이곳이 도시의 중심가였다고 말할 수 있는 근거가 보이지 않는다.

이곳은 칠팔십 년대 포항 문화의 중심지였다. 차들이 골목길을 점령한 지금과는 달리 사람이 넘쳐나던 곳이었다. 솜털이 보송한 학생들부터 청춘 남녀, 어른들까지 복작이는 거리였다. 언제나 웃음이 떠다니고 생기가 넘쳤다. 음식을 주문한 가게에서 한참을 기다리기 예사였고, 조급한 손님은 직접 음식을 나르기도 했다. 열두 시가 넘도록 유리창 밖으로 비어져 나온 불빛에 수수한 서민의 설레는 걸음이 넘쳤던 곳, 그 중심에는 '아카데미극장'이 있었다.

극장은 1965년에 문을 열었고 2004년에 문을 닫았다. 사거리 코너에 위치한 건물은 우아하거나 세련된 것과는 거리가 멀었다. 회색이었지만 칙칙하지 않은 도도한 느낌이었다. 도로에서 서너 계단 위에 세워졌고 붉은색 간판이 멀리서도 잘 보이도록 높이 걸려 있었다. 표를 내고 들어가면 입구는 여름 오후 6시 30분쯤의 어둠이었고 조금 더 들어가면 겨울 오후 4시 30분쯤의 어둠이었다. 채도가 점점 낮아지는 구조였다. 극장 안은 동굴을 발견한 호기심 많은 탐험가의 발길을 끌어당기는 힘이 있었다. 한 번이 두 번이 되고 두 번이 세 번이 되는 알 수 없는 마법 같은 장소였다. 거기다 큰 도로에서 살짝 뒤로 빠져 있어 비밀을 묻어두기도 좋았다. 널찍한 곳에서 만나 총총히 숨을 수 있는 그 앞은 많은 이들에게 약속 장소이기도 했다.

나는 친구와 영화를 보기로 했다. 그 무렵 극장가에는 '77번 아가씨', '영자의 전성시대' 등 성인영화가 대세여서 영화관 입구에는 선정적인 포스터가 큼직하게 걸려 있었다. 시간이 지났는데 친구가 오지 않았다. 전화가 귀한 시절이라 마냥 기다리는 수밖에 없었다. 친구에게 짜증이 나는 것은 참을 만했는데 지나가는 사람들의 시선이 신경 쓰여 안절부절못했다. 이쪽으로 걸었다 저쪽으로 걸었다 관람객이 아닌 척 딴청을 부리느라 손에 땀이 났다. 손에 쥔 삼천 원이 축축해질 때 친구가 와서 영화 중간부터 보고 처음부터 다시 봤다. 아직 학생이어서 누구에게 들킬까 숨죽이며 봤던 영화는 내용보다 온통 붉은 색이 가득했던 화면만 남았다. 시골에서 온 자취생에게 충분히 아찔하고 짜릿한 경험이었다. 직장 생활하면서도 자주 찾았다. '취권', '터미네이터'를 비롯하여 흥행하는 다수의 영화를 보았다.

그곳을 오십 줄의 내가 두리번거린다. 낯선 풍경이다. 여천동 121번지에 있었던 아카데미극장은 흔적이 없다. 극장의 중앙이었던 모퉁이는 가림막으로 가려져 있고, 옆에는 신축 건물이 높다랗게 올라가고 있다. 눈에 보이는 이름들이 제멋대로 튀쳐나와 반기지만 기억 속에 없는 이름들이다. 찬바람이 가슴을 훑고 지나가듯 싸하다. 어디로 걸음을 옮겨야 할지 막막하다. 마음을 추스르며 골목을 걷는다.

걸을수록 추억은 다가오는데 현실은 멀어지고 있다. 영화가 끝나고 출출해진 배를 달래려 들렀던 충무김밥집도 없고, 저녁 시간 뜨끈한 국물로 속을 데웠던 물곰탕 집도 없다. 끓어오르는 젊은 에너지를 분출했던 클럽이 있던 장소에는 식당이 영업한다. 곳곳에 신축되는 건물이 보이고 원룸도 보인다. 사람이 있고 정이 있던 길은 아득한 저 너머에만 존재하고 있다.

날씨가 좋아 옛 추억을 더듬어보고자 길을 나섰다. 추억이 몰려왔다. 내가 보았던 첫 영화가 떠올랐다. 제목만 생각해도 낯뜨거운 것을 무슨 용기로 보았는지 웃음이 났다. 그것을 시작으로 인연을 맺은 곳이다. 큰 도로를 지나친 적은 있지만 안으로 들어와 보지는 않았다. 카메라를 들고 널뛰는 가슴을 달래며 왔다. 오는 내내 핫도그를 들고 친구들과 조잘거리며 걸어 다녔던 길, 예쁜 문구류를 팔았던 상점이 어떻게 변했을지 머릿속으로 그려 보았다. 아기자기한 이야기를 품은 길은 푸근했고 과거로부터 불러 온 영상은 간간이 끊어지기는 했지만 청색으로 반짝였다. 많은 날이 흘러서인지 눈앞의 장소는 상상과는 거리가 멀었다. 다리가 후들거렸다.

호흡을 가다듬고자 떡볶이집에 들어갔다. 주문을 하고 물을 마셨다. 시간이 지나면 다 변하기 마련이라고 쓸쓸한 속을 다독이고 다독였다. '아카데미극장'이 없어진다는 소식을 몰랐던 것도 아니고, 날마다 지나다니던 길에도 새로운 상점이 들어서는 것은 흔한 일이 아니냐고 타이르듯 중얼거렸다. 생각해 보면 극장도 변화에 적응하고자 무던히 애를 썼다. 대도시에서 유행하는 것들을 속속 들여왔다. 입구에 간식을 팔고 어중간한 영화 시간을 때울 게임기를 설치하고 수시로 공사를 하여 말끔히 단장하곤 했다. 그러나 큰 흐름을 거스르기에는 역부족이었나 보다.

새로운 것, 앞선 것을 좇는 것이 좋은 것만은 아니다. 너도 나도 앞다투어 발전이라는 단어에 동참하는 순간 우리는 소중한 무엇인가를 잃어버릴 수도 있다. '아카데미극장'만 해도 그렇다. 최신식 설비를 갖춘 대형 영화관에 밀려 막을 내렸다. 그와 같이한 많은 포항 시민의 추억거리가 사라졌다. 내 젊은 날의 한 부분도 기억 속에 갇혔다. 어쩔 수 없는 변화라 할지라도 허전함이 밀려온다.

추억의 역사는 저절로 쓰여지는 법이 없다. 생각과 생활이 맞물려 톱니바퀴처럼 돌아가며 사건을 만들고 새로운 장을 열어간다. 멈추지도 않는다. 지금 머물러있는 자리가 내일이면 과거라는 이름으로 불리는 이유에서다. 그래서 더 매혹적으로 다가오는지도 모른다. 떡볶이를 오래도록 씹으며 이곳에 찍힌 지난날을 되새김질하다 일어선다. 준비한 카메라로 사진을 찍으며 '여천동 추억방'을 새롭게 업그레이드한다.

이곳은 오늘을 살며 내일을 꿈꾸는 '꿈틀로'라는 이름 아래 지난날과 이어질 것이다. 🍃

맞두레질

남자의 굽은 등에 땡볕이 내려앉는다. 초록의 끝에 갈색이 묻어나는 넓은 들 한곳에 쪼그려 앉은 그의 모습이 마른 꽃대 같아서 며칠 내에 비가 오지 않는다면 금년 농사는 포기해야 하는 체념이 바작거린다. 옆모습이어서 자세한 표정을 알 수 없지만 뒤에 드리운 작은 그림자가 마음을 대신하듯 아른거린다. 그를 비껴간 화면에 잎들이 남실거리는가 싶더니 시커먼 금들이 사방으로 얽혀 있다. 배를 드러낸 곳에는 간절함이 가득하다. 텔레비전에서는 연일 가뭄에 대한 심각성을 쏟아 내고 있는 중이다. 영상을 따라 움직이던 나는 불쑥 다가온 짜증이 묻은 소녀를 만났다.

소녀의 까만 얼굴에 땀이 흘렀다. 밧줄을 쥔 손이 두레를 당겨 올렸으나 물은 반쯤밖에 없다. 철퍼덕 물이 쏟아지고 다시 두레가 출렁이며 내려갔다 올라왔다 반복했다. 밧줄을 잡고 상대와 높이를 맞춰야 두레의 물이 쏟아지지 않는데 소녀는 얼굴을 잔뜩 찌푸린 채 기계적으로 손만 움직였다.

어머니는 나를 다그치지 않았다. 두레가 기울어 물이 넘쳐서 배로 힘이 들었지만 그저 느슨하게 잡은 줄을 바투 잡아야 한다고 일러주었을 뿐이다. 이 일 말고 다른 일은 안중에도 없다는 듯 땀이 흐르면 머리에 쓰고 있던 광목쪼가리로 목둘레를 슬몃 훔쳤다. 시간이 한참 지나도 윗논에는 물이 고이지 않고 물이 지나간 자리만 젖어 있었다. 덤벙의 물이 마를 때까지 두레질을 계속해야만 했다.

나는 놀고 싶은 마음만 가득했다. 지금쯤 친구들은 홍굴래 잡아다 방아찧기 내기를 하고, 나무에 붙은 매미 잡아다 배를 간질이며 감나무 아래에서 놀고 있을 것이란 추측에 심통이 났다. 엄마가 제대로 하지 않는다고 꾸중이라도 하면 하기 싫다고 울기라도 해서 벗어나고 싶었다. 그래서 더 아무렇게나 하는 두레질이었다. 가뭄 때문이란 것은 알았지만 식구들 생계가 달렸다는 심각성까지 헤아리기에는 어린 열한 살이었다.

이제는 엄마의 마음을 짐작할 수 있는 나이가 되었다. 천수답이지만 식구들 끼니가 걸려 있는 소중한 논이었다. 엄마는 푸른 잎들이 비틀리고 바닥이 갈라지는 것을 보자니 마음이 조여들어 무슨 일이든 해야 했을 것이다. 아랫논의 덤벙에서 키 두 배는 족히 되는 윗논에 물을 퍼 올리는 것은 혼자서는 할 수 없는 일이었다. 그래서 철부지 작은 손이라도 필요했다. 벼를 살려야겠다는 마음으로 필사적으로 매달리고 두레질마다 간절한 염원을 담았다. 하늘님이 굽어 살펴서 제발 살려달라는 몸짓이었으리라.

마른 논에 두레질하던 소녀는 수차례의 여름을 더 먹고 아내란 이름표를 달았다. 어린 날, 싫어했던 두레질을 엄마가 아닌 남편과 하고 있다. 서툰 두레질을 지그시 지켜봐 주던 엄마와 달리 자질구레한 일로 핀잔하고 닦아세우는 남편이다. 부부란 감정의 기울기가 한쪽으로 치우칠 때도 있고 반듯한 균형일 때도 있기 마련이다. 그런 시간들이 쌓여 서로의 감정을 읽어주는 도타운 정이 된다. 우리는 마주서서 상대방 탓을 하느라 밑바닥이 보일 때가 많았다.

아이를 낳고 기르면서 불만을 넘어 원망이 쌓였다. 남편은 아이가 아파서 밤새 보채는데 안아주기는커녕 빨리 달래라 짜증을 냈다. 출근을 해야 하니 이해하자 넘어갔다. 연년생인 고만고만한 아이들이 다치거나 떼를 쓰는 것을 내 잘못이라 몰아가도 외아들이라 배려하는 마음이 부족할 뿐이겠지, 눈감아 주었다. 사소한 불만이 차곡차곡 쟁여지면서 나에게는 남편을 향한 뾰족한 가시가 자라고 있었다.

여섯 살 아들이 사고를 낸 적이 있었다. 아파트 옥상에서 친구들과 놀다가 부서진 벽돌을 마당으로 던졌고 그것이 자동차 위에 떨어져 지붕이 망가졌다. 관리소장에게서 책임지라는 전화가 왔다. 퇴근한 남편에게 얘기했더니 집에서 아이들 단속하지 못 했다는 화살을 시작으로 놀면서 하는 게 없다는 질책을 마구 쏘아댔다. 하는 말마다 심장에 박혀 아프고도 시렸다.

입이 잘 열리지 않았다. 차례를 기다리는 말들이 목구멍에서 죽어 갔고 밖에서 들어오려던 말이 튕겨져 나갔다. 내 안과 밖을 구분하는 담을 쌓기 시작했다. 아이들에게 나가는 말도 밥 먹어, 씻자, 자야지, 몇몇 단어로 한정되었다. 재미가 없었다. 남편은 매사에 시큰둥한 내가 마뜩잖은지 얼굴을 찡그리며 텔레비전만 붙잡고 시간을 보냈다. 그런 뒷모습이 싫어 방문을 닫아버렸다. 날이 갈수록 속이 썩어 겉으로 나타났다. 다리가 붓기 시작하더니 얼굴이 붓고 배도 붓기 시작했다.

혼자 병원을 찾았다. 콩팥이 걸러주는 기능을 잘못하여 몸속의 단백질이 빠져나가는 사구체신염이라는 진단이었다. 바로 입원했다. 병원에 들른 남편에게 큰아이 받아쓰기 연습, 학습지 시키기, 아홉 시에 재우기를 부탁했다. 다음 날 병실을 찾은 그에게 부탁한 것을 제대로 하는지 믿을 수가 없어 엘리베이터 앞까지 따라가며 당부했다. 내 행동을 지켜보던 엄마가 건강을 잃으면 다 잃는 것인데 다른 걱정은 하나 마나라고 하셨다. 그 말의 여운이 가슴 언저리를 흔들었다.

엄마의 어깨 너머로 유년의 뜨거운 여름날이 보였다. 두레에서 쏟아지는 물을 보면서 나를 나무라지 않고, 여름 해가 산을 넘을 때까지 계속 두레질을 하던 날이다. 그날, 엄마가 말없이 두레질을 했던 이유는 내가 엄마 마음을 헤아려 기꺼운 마음으로 손 높이를 맞추기

바랐던 것이 아니었을까. 그 철없던 아이가 사십 년이 지나서야 둘이서 하는 것에는 이쪽저쪽 기울기도 하지만 상대의 텔레파시를 캐치하려고 노력하는 것이 중요하다는 것을 알았다. 그 밤, 담 허물어지는 소리에 베갯잇이 젖었다.

퇴원 후, 나는 달라졌다. 그는 완벽한 남편이 아니었고 나는 현모양처가 아니라는 것을 인정했다. 남자가 제 식구 건사하고 보듬는 것은 당연하다 여겨 무심했던 남편의 사회생활에 관심을 가졌다. 지쳐 보이는 날에는 눈치껏 어깨를 주물러 주고, 아이들 키우는 것이 힘들면 무작정 참기보다 이런 일이 있었다고 담담하게 말을 했다. 처음에는 코대답도 없었다. 그러나 아픈 나 때문에 생각이 많았던 듯 투정 섞인 말을 받아주는 날이 점차 늘어갔다.

나는 가정이라는 수레가 한쪽으로 기울어질 때마다 균형을 맞추고자 스스로 기둥이 되었다. 남편이 다쳐서 병원에 있을 때는 남편의 역할까지 기꺼이 맡았다. 그러나 수레를 앞에서 끌고 가는 것은 대부분 남편이었다. 나는 뒤에서 기우뚱거리지 않도록 어린 날의 두레질을 생각하며 바퀴의 방향이 어긋나지 않도록 애썼다. 또 서로를 바라보는 높이를 맞추고자 상대를 향해 구부리기도 하고 까치발을 하기도 했다. 시간이 흘러 우리 부부가 바라보는 목적지는 한곳, 인생의 종착역이다. 오늘도 무사히 도착하기 위해 삶의 소소한 조각들을 촘촘히 기운 두레가 줄을 벗어날까 조심한다.

남자의 얼굴이 크게 클로즈업된다. 붙박인 듯 걸음을 떼지 못한 남자의 눈동자에서 읽히는 깊은 시름에 눈가가 화끈거린다. 덤벙이 있으면 졸아드는 마음을 종일 두레질로 달래기나 하련만 농지정리로 메워진 것이 아쉽기만 하다. 타들어 가는 논에 그의 시선이 스치듯 머물렀다 거두어진다. 속수무책으로 하늘만 바라보는 그의 마음이 농부의 딸로 자란 내게도 전해진다. 아마도 남자는 아내가 차린 간소한 밥상 앞에서 덤덤히 숟가락질을 하고, 그런 남편을 위해 찬을 앞으로 옮겨주는 아내와 묵묵히 한 고비를 넘을 것이다. 🌿

보자기

어머니는 큰오빠 곁으로 가기로 했다. 육십여 년을 살던 집을 비우자니 햇수만큼 더께가 앉은 살림살이가 자꾸 나온다. 부엌에는 막걸리 사발과 놋그릇을 비롯하여 뭉그러진 나무주걱, 아끼던 꽃무늬 접시도 있다. 낡은 장롱에는 맏며느리가 해온 상이불이 가지런히 개켜져 있다. 한편에는 사십대에 꽃구경 갈 때 입었던 개나리색 한복이 걸려 있다. 팔십이 넘고는 먼길 떠날 때 가벼워야 한다며 조금씩 정리하고 있다는 말을 여러 번 들었는데 아직 자리를 지키고 있음은 그 물건에 담은 마음을 비우지 못했기 때문이리라.

이사는 묵은 시간과의 만남이다. 마당으로 끌려 나온 물건은 버릴 것이 많았다. 구석구석에서 나온 사소한 물건들을 붙잡고 눈을 맞추니 갖가지 이야기가 떠올랐다 사라지기를 반복한다. 장롱 밑에서 나온 싸구려 비녀를 만지며 은비녀를 부러워했던 그날의 엄마에게 안녕을 고하고, 앉은뱅이책상 서랍에서 쏟아져 나온 다섯 남매의 통지표와 상장을 보며 천지분간 못 했던 어린 날과 아쉽게 작별했다.

단출한 이삿짐이 한나절이 걸려서야 꾸려졌다. 보자기에 싼 상이불을 트럭에 먼저 실었다. 뻣뻣한 이불 속으로 바람이 들락거려 발이 시리다 했던 아버지 생각이 나서 차마 덮지 못했던 이불이다. 부드러운 호청을 가만히 쓸어보며 '조금만 더 살지'라고 안타까운 숨을 내쉰 적이 여러 번이었다. 한 번은 덮어야 하는 이불이라고 딱 한 번만 덮었다. 그 이불을 가지고 간들 덮지 않을 것이지만 꼭 가지고 가야 했다. 어머니가 마지막 가는 길에 가지고 가서 아버지와 같이 덮고 싶어 한다는 것을 알고 있는 나는 가슴이 촉촉해졌다. 그 뒤로 몇 개의 보따리를 더 실었다. 떠나는 차에 오르기 전, 엄마는 뒤돌아서서 찬찬히 눈길을 주며 정든 집과 이별을 했다.

차에 오르는 어머니의 손에는 하얀 보퉁이가 들려 있었다. 그게 뭐냐 여쭈어봐도 별거 아니라며 웃으신다. 형제는 각자 맡은 구역을 청소하고 짐을 정리하느라 어머니가 무엇을 하고 있는지 눈여겨보지 못했다. 무얼까, 무엇인데 어머니가 손수 안고 가실까? 보자기 속이 궁금해 갸우뚱거리던 나는 어느새 책보를 메고 팔랑거리는 소녀를 만났다.

초등학교 내내 책보와 함께였다. 교과서만 싸면 반듯하게 되는데 필통 때문에, 도시락 때문에 참하게 되지 않았다. 조심스레 걸었어도 학교에 도착하면 물건들이 한쪽으로 치우쳐 있거나 보자기 끝이 느슨해져 책보가 엉덩이에 닿을락 말락 걸쳐져 있었다. 소풍날에는 책 대신 계란, 사이다, 도시락, 과자를 울퉁불퉁하게 싼 보자기를 메고 신나게 뛰었다. 덕분에 계란이 터지고 반찬 국물이 새서 시큼한 냄새가 났다. 그러나 걱정할 일이 아니었다. 꾸지람하지 않고 깨끗이 빨아주는 엄마가 있었으니까.

새마을 운동은 시골을 변화시켰다. 마을에 전기가 들어오면서 친구들이 책가방을 사기 시작했다. 새 가방을 메고 온 친구가 자랑하지 않아도 우리는 우르르 몰려가 구경을 했다. 약간의 부러움도 없었다면 거짓말이다. 철부지였지만 집안 형편을 눈치채고 있어서 안 되는 줄 알면서 떼를 써 얻어내는 뻔뻔함은 없었다. 군말 없이 책보와 시름하며 학교를 다니던 시절에 딱 하나 좋은 것은 책보에서 나는 소리였다. 내가 달음박질하면 달각달각 박자 맞춰서 울리는 리듬이 음악 시간에만 들을 수 있는 고운 풍금 소리를 연상시켰다. 동요를 흥얼거리며 타박타박 걸을 때는 책보가 있어 참 좋다 생각했다.

나는 보자기와 연이 깊다. 책보 대신 책가방을 들면 연이 끝날 줄 알았는데 그렇지 않았다. 고등학생 때부터 시작된 자취생의 보자기 안에는 내 먹거리가 들어 있었다. 쌀, 장류를 비롯하여 봄에는 산나물, 여름에는 오이김치, 가을에는 콩잎 무침, 겨울에는 시래기 등 철마다 다른 것이 담아졌다. 가끔 간식거리도 보태어졌다. 엄마가 챙겨주는 것을 다 넣다 보니 삐죽하게 나오기도 하고 위로 불뚝 솟기도 하여 손에 든 보따리는 참으로 볼품없었다. 그래도 툴툴거리지 않고 부지런히 들고 다녔다.

종이가방을 들면서부터 예가 아닌 아니오가 많아졌다. 엄마의 마음은 시간이 지나도 한결같은데 보자기 아닌 종이가방은 다 받아들일 수가 없었다. 폼나게 들고 다니려면 물건을 꽉 채우면 배가 볼록해서 안 되었다. 무엇보다 무거워서 가방이 찢어지기라도 하면 난감한 일이었다. 자꾸만 더 가져가라는 것을 됐다고 거절하며 종이가방 크기에 맞도록 양을 덜어내고 물건을 뺐다.

사람마다 나름의 방식으로 삶을 살아간다. 그 기준은 어쩌면 사소한 행동에서 시발점이 되는지도 모른다. 나는 종이가방에 짐을 꾸리면서부터 내 기준에 맞춰 받아들이는 법을 배웠지 싶다. 인간관계에서도 고정된 틀을 만들어 두고 그 안에 들어올 사람과 들어오지 못하는 사람을 가려내었다. 안에서 바깥으로 자유롭게 드나들던 마음을 받아주는 문이 점점 작아졌다. 뒤웅박처럼 줄어든 가슴으로 못난 것을 품기보다 불만을 키우면서 살았다는 것을 깨닫는다.

차가 멈추었다. 형제들은 이삿짐을 들이느라 부산하다. 그 틈에 어머니 손에 있던 보퉁이가 온데간데없다. 짜장면을 먹으면서 두리번거렸으나 보이지 않는다. 엄마가 식구들과 얘기하고 있을 때 안방에서 짐을 더듬었다. 그것은 상이불 속에 끼워져 있었다. 얼른 꺼내 펼쳤다. 갈빛 삼베옷이 단정하게 개켜져 있다. 몇 년 전 윤달에 흘려들었던 말이 스쳤다. 먼길 떠날 때 입고 갈 옷을 당신 스스로 마련할 때의 심정이 어땠을지 짐작조차 어렵다. 끝까지 자식들의 걱정을 싸안으려 한 엄마의 마음이 전해져 눈앞이 흐려졌다.

세상에서 엄마를 닮은 물건을 찾자면 보자기가 아닐까. 어떤 모양도 다 쌀 수 있는 보자기이고, 부족하고 못나도 치마폭으로 감싸 안아 가려주는 어머니다. 또한 자식들 걱정으로 해진 마음을 다시 꿰매듯 오래되어 뜯어진 보자기도 꿰매어 다시 쓸 수 있지 않은가. 많이도 닮았다. 엄마의 보자기는 모든 것을 묵묵히 받아들여 한 계절 묵힌 오월의 바람향이 가득하다. 자취생 시절 수없이 꾸렸던 보따리가 주위를 에워싼다.

눈가를 지그시 누른 후, 서랍에서 보자기를 꺼냈다. 엄마의 개나리색 한복을 곱게 접어 보자기에 쌌다. 그날 나와 같이 온 보퉁이는 옷장 속에 고이 모셔져 있다. 어머니가 보고 싶은 날에 품에 안아보면 어머니의 다정한 음성이 들린다. 젊은 날 입었던 한복을 입고 환하게 웃으시며 '늘 너를 지켜보고 있다. 아직도 내 치마폭이 그립냐'며 물으신다. 나는 매번 차랑멀었다고 응석을 부린다.

보자기는 마음이 있다. 🫒

봄편지

       공원에 운동을 갔다. 어느새 철쭉이 활짝 봄을 맞이하고 있다. 눈길 닿는 곳마다 연두에서 초록으로 건너가는 잎들의 부지런함이 어여쁘다. 봄물을 길어 올린 싱그러움에 취해 내 걸음에 봄바람이 실렸다.

   맞은편에서 오는 부녀와 스쳐 지났다. 무슨 이야기를 나누는지 궁금해서 걷는 방향을 바꾸어 두어 걸음 뒤에서 걸었다. 귀를 쫑긋 앞으로 모았다. 드문드문 들리는 내용은 딸이 생각나는 대로 주저리 읊으면 아빠는 적당한 추임새를 넣었다. 별거 없구나 싶어 앞질러 가면서도 서로의 생각과 마음을 나누는 사이가 부러웠다. 부러움이 커질수록 아픔으로 피어나는 얼굴, 내 아버지였다.

   철이 들기 전, 아버지는 다른 세계로 떠났다. 아버지와 나를 이어주는 고리는 핏줄 말고는 너무 미미했다. 그래서 떠나보낸 슬픔이 깊은 줄도 몰랐다. 늘 보던 얼굴이 보이지 않는 허전함에 문득문득 앉았던 자리, 누웠던 자리에 눈이 갔다. 그것이 다였다.

기억 속 아버지는 남 같은 아버지였다. 한방에서 잠을 자고 밥을 먹었지만 직접 소통이 없었다. 어머니를 사이에 두고 말이 전달되고 답이 돌아왔다. 내 잘못을 나무라는 일조차 어머니의 입을 빌렸다. 그리고 내 이름을 부르는 것조차 들어보지 못했다. 밖에서 놀다 집에 왔을 때 방에 아버지만 있으면 들어가기 어색해 도로 골목으로 발을 돌렸다. 어렵기만 한 아버지에게 내가 한 말은 밥 잡수세요와 다녀오셨어요, 정도였다.

딱 하루, 그날은 예외였다. 내가 중학생이었고 추석을 앞둔 어느 밤이었다. 식구들은 다른 방에 있었고 나만 아버지와 한방에 있었다. 처음으로 아버지와 중개인 없이 이야기를 나누었다. 자세한 내용은 기억나지 않는다. 짐작건대 마음속을 다 쏟아 내는 것이 아니라 아버지는 묻고 나는 대답을 했던 듯싶다. 소재가 바닥날 때쯤 윗방에서 어머니가 장에서 사 온 추석빔을 입어 보라고 불렀다. 얼마나 반갑던지 냉큼 일어섰다.

중학생이었던 그날 밤에 무슨 이야기를 나누었는지 아무리 기억하려 애를 써도 기억나지 않는다. 아버지와 나는 무릎걸음 세 번만큼 떨어져 앉았고, 나를 향해 맘껏 드러내지 않은 속표정이며 내가 일어섰을 때 차마 잡지 못하는 아쉬운 눈빛은 생생하다. 그 장면을 수십 번 그려보았으나 제법 길었던 시간에 무슨 말을 나누었는지는 깜깜할 뿐이다. 잿더미를 헤집듯이 아버지의 갈피를 뒤적이고 뒤적여도 실마리를 찾을 수 없다.

살면서 아버지를 돌아보는 날은 기일이나 어버이날이었다. 나와 아버지가 만났던 시간에는 추억할 것이 별로 없었기 때문이다. 때마다 작은 에피소드를 건지겠다고 기억의 먼지를 털어내고 희미해진 여줄가리를 촘촘히 엮었다. 가장 큰 소득은 서로를 오롯이 보았던 그 밤이었다. 처음에는 특별히 기쁠 것도 슬플 것도 없는 조각이었다. 그러나 되살려 놓은 장면은 해를 거듭할수록 아버지란 이름으로 뜨거워졌다.

사는 것이 무엇인지 어렴풋이 아는 나이가 되었다. 살아낸다는 것은 때로는 한 모금 물이 간절한 식물처럼 애가 타기도 하지만 내일이라는 새날이 있어서 힘을 내 하루하루를 이어 일생을 이룬다는 것도 알았다. 나는 길 위에서 나름대로 부딪히고 견뎌오면서 나만의 무늬를 만들어왔다. 그것은 내세울 것도 없고 빛나지도 않지만 내 노력의 결과이니 소중하게 여긴다.

지나온 굽이의 어느 날에는 아버지를 돌아보기도 했다. 아버지의 생은 오십을 넘기면서 종착역에 닿아 멈추었다. 나는 어렸고 사는 동안 살가운 정을 표현하지 않고 마음속에만 키웠던 애정의 깊이를 알 수가 없었다. 헤어진 수십 년을 곱씹는 동안 아버지의 삶을 어머니와 형제로부터 전해 들었다. 너무나 작은 추억의 부스러기로 아버지를 다 이해할 수 없었다. 그래서 당신이 차지한 내 마음자리는 늘 축축하고 아리다.

철쭉이 한창인 공원에서 낯선 부녀로 인해 아버지를 만난 날이다. 언젠가 마주하면 하고 싶었던 말을 꺼내 본다.

"많은 날을 기억하지 못해 죄송해요."

깊은 숨을 삼켰다.

"그날 밤의 눈빛을 이제는 놓을래요. 그러나 내 아버지였음은 잊지 않을게요."

소리맴이 길다. 내 안에 갇혀있던 울새를 날려 보낸다. 🍂

제사

　　　　　　　제사는 살아있는 사람들의 잔치다. 제삿
집에선 아침부터 창문을 열어젖히고 집 안의 탁한 기운을 몰아내고
맑은 공기를 받아들인다. 지지고 볶는 고소한 냄새가 밤까지 이어지
고 식구들의 세상 사는 이야기가 양념으로 얹어진다. 별들이 푸르러
지면 죽은 사람의 일생이 그를 기억하는 이들의 입을 통해 웃음 한 바
구니, 눈물 한 스푼으로 재연된다.

　지난겨울에 작은오빠의 첫 제사를 맞았다. 백세 시대에 딱 반만 살
다 간 오빠의 빈자리는 늘 허기처럼 헛헛했다. 다들 모여 고만고만한
얘기를 나누었다. 아픈 데는 없는지, 회사는 잘 다니는지를 묻고는
아이들 크는 소식도 궁금해했다. 큰오빠가 조카에게 물었다.

　"영아, 니 여자 친구 없나? 있으면 빨리 데려와서 인사시켜라."

"큰아빠, 나도 그러고 싶은데 아가씨가 안 붙는다."

그 말을 듣고 저마다 한마디씩 던졌다. 아가씨들 눈이 삐었다는 둥 맛있는 것 많이 사주라는 둥 웃음이 넘쳤다. 누구도 작은오빠 얘기를 꺼내지 않는 사이 제사 시간이 다가오자 말이 줄어들었다.

제사가 끝나자 누구랄 것 없이 눈길을 피하며 화장실로, 베란다로 흩어졌다. 나는 가만히 오빠의 사진을 보는데 볼이 뜨듯했다. 잠시 후 돌아온 식구들도 눈가가 촉촉했다. 안으로 삭여야 하는 슬픔을 어색한 미소로 얼버무리고 음복을 했다. 술이 한 순배 돌자 자연스레 오빠의 추억담이 펼쳐졌다.

어린 시절 유달리 겁이 많았던 오빠였다. 눈이 크면 겁이 많다는 말이 오빠를 보면 맞는 말인 것 같다. 눈이 커서 조금만 슬퍼도 금방 눈물이 떨어질 것같이 그렁그렁했다. 그래서인지 학교 다닐 때도 선생님께 혼날 것 같으면 학교 안 간다고 떼를 쓰다 아버지께 혼나기도 했다.

한번은 이런 일도 있었다. 소 풀 먹이러 산에 가서 놀다가 벌집을 건드렸다. 땅벌들이 새까맣게 달려들자 죽어라고 뛰었다. 등에 한 방 쏘이자 엉엉 울면서 달리다 고무신이 벗겨진지도 모르고 뛰었다. 그 날 친구들이 소를 찾아 데리고 왔다.

그런 오빠가 차츰 깡다구를 키웠다. 열여덟 어린 나이에 객지생활을 시작하면서였다. 직장에서 키가 작고 나이가 어리다고 사람들이 은근히 깔보는지 함부로 대하였다. 처음엔 참았지만 시간이 지날수록 속에서 일어나는 울화를 참기가 힘들었는지 욕이 터져 나왔다. 한 번 시작된 욕은 자신을 지켜야 하는 상황이 오면 고양이의 숨겨진 발톱처럼 지체 없이 튀어나왔다.

결혼을 하고는 몸집을 불렸다. 야리야리하던 몸에 살집이 늘어나고 얼굴이 보름달 같아지니 사방에서 그만 찌면 좋겠다고 했다. 올케가 엄마에게 안부전화를 하지 않거나 아이들이 거짓말로 얼렁뚱땅 넘어가려 하면 허투루 넘기지 않았다. 반드시 시시비비를 가려 엄하게 나무랐던 매섭던 독설이 서서히 무딘 칼날이 되어가던 때였다. 그의 얼굴에 검붉은 기운이 감돌아 병원을 찾았더니 간경화 말기였다.

오빠는 썩은 둥치처럼 쓰러졌다. 식구들은 놀란 가슴을 진정할 새가 없었다. 하루가 다르게 병색이 짙어지고 병원에서 할 수 있는 치료가 별로 없었다. 발만 동동거렸다. 간이식을 하면 몇 퍼센트의 희망이 있다고 했지만 누구도 선뜻 나서기가 힘들었다. 배가 볼록해지면 물을 빼내는 것이 고작이었다.

바람 앞에 등불이었다. 나는 신장이 좋지 않아 병원에 다닌 적이 있어서 검사조차 하지 않았다. 딸린 식구들이 있고 무엇보다 좋아질 가능성이 적다는데 무모한 희망을 심는 것은 바보 같은 행동이라고 핑계를 찾았다. 만에 하나란 위험이 두려웠다. 위기의 순간에 자신보다 남을 먼저 생각하는 것이 얼마나 어려운 일인지 체감했다.

복잡한 속내를 감추고 문병을 갔다. 활어회라면 자다가도 벌떡 일어나던 오빠가 회를 사 가도 몇 점 먹지도 못했다. 홍시가 먹고 싶다기에 가져가도 한 숟가락 겨우 넘겼다. 점점 어떤 음식도 삼키기가 어려운지 입으로 가져가면 도리질을 했다. 큰 눈이 더 커지고 초점을 잃어갔다. 하루하루 지켜보던 올케는 표정 없는 유령이 되어 가고 엄마는 눈물을 반찬으로 밥을 먹으며 시간을 죽이고 있었다.

한 달이 지나자 말을 잃었다. 문병을 가도 말을 안 하고 눈만 끔벅였다. 손을 잡고 서로 눈만 마주 보는 시간이었다. 아는 사람이 병문안을 오면 음료수를 드리라고 눈짓으로 대신하더니 가족에게 남기는 말 한마디 없이 떠났다. 어떤 말이 하고 싶었을까? 어쩌면 하고 싶은 말이 너무 많아서 말문을 닫은 것인지 모르겠다. 겁 많았던 그가 살아온 세상살이는 너무 버거웠나 보다.

화장을 하여 공원묘지로 가는 차 안에서 눈물을 멈출 수가 없었다. 고향으로 왔으면 좋을 텐데 여의치 않았다. 마지막 가는 길이 낯설어 더 슬펐다. 며칠 전 내린 눈으로 산 여기저기 흰 눈이 보이고 산 위에서 몰아치는 바람이 몹시 사나웠다. 그의 신산했던 삶이 눈 위로 너울졌다. 돌아오는 차 안에서 목에서는 꺽꺽 소리만 나왔다.

죽은 사람은 각자의 기억 속에 다른 모습으로 기억된다. 내가 겁 많고 깡으로 버텼던 오빠를 기억한다면 엄마에게는 일주일에 한 번은 꼭 전화하는 살뜰한 아들이고, 올케에겐 그토록 듣기 싫었던 욕이 간간이 듣고 싶은 목소리로 기억되지 않을까 싶다.

잠든 사람을 깨우는 것이 제사이다. 시간이 흐르고 생활에 쫓기다

보면 그와 관련된 모든 것들이 가슴 밑바닥으로 가라앉는다. 거기에 잠들어 있다는 것조차 잊을 때가 많다. 그러다 길을 가다가 그의 친구를 만나거나 닮은 사람을 만나면 잠깐 감정의 파도에 휩쓸리기도 한다. 그러나 제사에서는 식구들이 주고받는 대화에서 그의 음성, 웃음, 숨소리가 들리고 얼굴이 보인다. 어둠 깊은 곳에서 잠시 걸어 나오는 날이다.

제사는 가족을 연결해 주는 끈이다. 저마다 사는 것이 바빠 가까이 있어도 얼굴 보기 힘든 요즘은 더욱 그렇다. 피곤하다, 귀찮다는 이유로 제사를 왜 지내나 투덜대기도 한다. 하지만 모처럼 만나는 자리가 힘들기만 한 것은 아니다. 신랑 흉, 자식 자랑해가며 전을 부치면 알게 모르게 정이 두터워진다. 오늘 이 제사는 가족 간의 살가운 정을 나누는 역할을 톡톡히 한다. 🫒

풀이 짓어도 괜찮아

주인 없는 집에 풀들이 주인이었다. 집은 몇 번의 계절이 바뀌는 동안 아귀가 틀어진 문짝과 함께 삐걱대며 혼자 늙어가고 있었다. 인기척이 없는 마당에는 바랭이와 쇠비름을 비롯한 이름을 잊어버린 풀, 이름조차 모르는 풀들이 엉망인 채로 서로 비비적거리고 있다. 욕심 많은 풀은 웃자라서 하늘을 찌를 기세다. 마당에는 군데군데 꽃을 피운 것도 있어 그들만의 세계가 만들어졌다. 마루에 켜켜이 앉은 먼지를 대강 훔치고 앉아 제국을 이룬 풀을 보고 있자니 엄마 생각으로 만감이 교차한다.

풀은 틈이든 시멘트든 용케 비집고 나온다. 처음에는 뚫고 나오느라 기력을 다했는지 시르죽은 모양새다. 그 여린 싹이 햇살의 이쁨을 받고 바람의 속삭임을 들으며 서서히 바깥 공기에 적응하며 견딘다.

한줄금 비가 지나고 나면 푸른 물을 머금어 파르래져 여기저기 발을 걸치고 하루가 다르게 번진다. 캄캄함이 지겨워서 까짓것 내 세상 만들어 보자는 심사였지 싶다. 꿇어 앉아서 용쓰는 글자를 닮은 탓인지 끈질긴 생명력에 어머니는 기함하곤 했다.

철없던 나는 얼었던 땅에서 봄맞이를 나온 새싹들이 마냥 반가웠다. 밭이나 들에서 만나는 풀을 놀이로 사용하는 재미가 쏠쏠했다. 달래를 이용한 각시놀이, 민들레 꽃밥을 지으며 소꿉놀이에 시간 가는 줄 몰랐다. 겨우내 초록보다 칙칙한 색이 빚어내는 풍경에 지루한 참이었으니 봄볕에 익어가는 주근깨 몇 알쯤은 기꺼웠다.

흔히 풀이라고 부르는 것은 잡초였다. 어디에 자리를 잡는지에 따라 대우가 다르다. 산천이나 들, 묵정밭에 터전을 잡으면 탈 없이 꽃을 피우고 열매 맺어 씨앗을 퍼뜨릴 수 있었다. 하지만 채소밭이나 식용작물 밭에 자리를 잡으면 농부의 가차 없는 손길에 뽑히고 만다. 잡초도 씨앗에서 발아하여 어렵게 싹을 틔웠건만 귀한 대접은커녕 고개를 들기도 전에 푸대접을 받는다. 쓸데없이 잘 자란다고 욕을 먹고는 패대기 당하기 예사였다.

씨앗이 농부의 손을 거쳐 돋아나는 싹, 새싹은 놀라웠다. 딱딱한 알맹이 속에 잠들어 있던 씨눈이 흙을 들어올려 내민 연둣빛 떡잎은 포슬한 흙모자를 쓰고 있었다. 무릎 꿇고 푸름을 받쳐든 모습이 풀 글자와 닮아서 신기하기도 하고 대견하기도 했다. 세상 구경하겠다고 힘들여 고개를 내밀고는 볼 때마다 쑥쑥 자라주니 더없이 어여뻤다.

나는 농부의 딸이었다. 그러나 어떤 시기에 파종을 하고 어떤 시기에 거두어들이는지 잘 몰랐다. 부모님이 시키는 대로 고추 따기와 옥수수 꺾기, 배추 뽑기 따위의 자잘한 일을 거들었다. 그리고 밭에 자라는 잡초 뽑기였다. 바랭이와 쇠비름은 밭둑으로 끌어내 뿌리가 위로 올라오도록 하여 햇볕을 쬐게 했다. 생명력이 질겨 뿌리가 흙에 닿으면 어느새 싹이 난다는 이유였다. 방가지똥, 명아주, 강아지풀, 망초는 손으로 뜯고 호미로 캐내며 보이는 족족 제거했다.

문제는 콩밭의 김매기였다. 콩밭은 콩이 열매를 맺기까지 세 번 김매기를 했다. 첫 번째는 키가 나지막해서 그나마 나았지만 두 번째부터는 쪼그리고 앉으면 작은 몸집이 콩에 가려졌다. 콩 키가 커질수록 앉아서 김매기가 어려웠다. 엉덩이를 들고 잡초를 뽑으며 호미로 북을 돋워주는 일은 힘이 들었다. 시간이 지날수록 허리가 아파서 속도가 느려졌다. 초여름의 습기마저 밭고랑에 숨어들어 땀이 나고 어질어질했다. 힘을 내자 결의를 다져도 긴 이랑의 반쯤이 지나면 흐지부지되었다. 오직 밥때가 빨리 오기만 바랐다.

그맘때의 어머니는 늘 동동거렸다. 밭으로 논으로 쉼 없이 발걸음을 했다. 농사는 시기를 맞춰 씨 뿌리고 가꾸는 것이 무엇보다 중요했다. 콩이 자랄 때면 논농사도 바쁜 시기여서 텃밭에는 주로 새벽이나 어둑해질 무렵에 들러 찬거리를 마련하고 잡초 뽑기도 했다. 촉촉하게 비가 내린 다음 날은 고무신에 질척한 흙을 달고 오면서 밭에 풀이 많다고 걱정했다. 짬이 안 나는데 풀이 짓어지면 어쩌나, 조바

심을 내었다. 풀이 짓다, 엄마의 입말이려니 했더니 풀이 무리 지어 많다는 뜻이라고 떡하니 예문에 올라 있다.

어린 마음에 엄마를 고생시키는 잡초는 다 몹쓸 것이었다. 밭에서 눈 마주치는 풀들은 손톱만큼의 미안함 없이 뿌리째 뽑아 멀리 던졌다. 뽑아내도 자꾸 돋아나는 풀이 밭에서 몽땅 사라졌으면 싶었다. 그래서 뭉뚱그려 잡초라고 불리는 풀의 이름이 소중한지 몰랐고 꽃을 피우는 모습도 보지 못했다.

어른이 되어서 지긋지긋했던 잡초가 저마다 예쁜 꽃을 피운다는 사실을 알았다. 유기농법은 고랑이 훤하도록 김매지 않아도 된다는 것도, 어머니는 풀이 있어도 농작물이 자란다는 것을 알았을 것이다. 풀이 잘 자라는 땅은 토양이 좋다는 의미가 되기도 하니까. 알면서도 잠시 앉아서 정담 나눌 새 없이 자신을 몰아치며 밭고랑에 엎디어 잡초를 뜯고 뽑았다. 왜 그렇게 열심히 김매기를 했을까. 아마도 채소밭에 잡초가 많을 때면 늘 하던 말 '남들이 보면 게으르다 손가락질한다.'는 말과 식구들 입에 들어갈 양이 걱정이었지 싶다. 그런 이유로 장소를 잘못 선택한 풀들은 자태를 자랑하기 전에 죽을 놈이었다.

지금 돌아보면 김매는 어머니에게 딴마음도 있었지 싶다. 가난한 집에 맏며느리가 건사해야 할 짐은 많았다. 간간이 버거운 생의 무게 앞에서 불쑥불쑥 자라나는 온갖 부정적인 감정에 휩쓸리지 않으려는 안간힘이지 않았을까. 풀이 뿌리를 내리지 못하게 뽑고 또 뽑으면서 자신의 마음을 견고하게 다지는 행위였으리라 짐작해본다.

마당의 풀을 그냥 둬도 될지 잠시 고민해 본다. 어차피 빈집인데 저들의 터전이 되어주는 것도 나쁘지 않을 것 같다. 때맞춰 벌과 나비 찾아와 쉬었다 가고, 소란한 바람 잠깐 숨을 고르는 장소로 안성맞춤이다. 미련 털듯 옷에 묻은 먼지를 툭툭 털어내며 일어섰다. 엄마의 음성이 시간의 거리를 뚫고 달팽이관에 고인다.

　"풀이 짓어서 큰일이다."

너울을 건너다

　2월, 봄을 서둘러 맞으러 친구들과 바다를 찾았다. 성급한 우리 마음은 아랑곳하지 않고 바람이 귀때기를 사정없이 때리며 목도리 끝을 잡고 널뛰기를 한다. 발을 내딛을 때마다 몸을 더 굽히고, 제멋대로 너풀거리는 머리카락을 내버려둔 채 반쯤 떠진 눈으로 걸음을 옮겼다. 모처럼 만나서 즐거운 시간을 보내는 우리를 시샘하는 것 같아 눈을 흘겨 주고는 모르는 척 방파제로 향했다. 달려온 파도가 하얀 꽃으로 피어났다 스러지는 것이 멀리서는 멋진 풍광의 일부였지만 가까이 갈수록 먹잇감을 앞에 둔 맹수가 아가리를 벌리고 달려드는 형국이다. 더 이상 들어가기에는 욕심이었다.

　사진 속 너울에 현혹되어서는 안 된다. 높이 솟았다가 아래로 내리쏟아지는 물줄기가 건장한 사내의 강인함을 연상시킨다. 그러나 겉모습과 달리 속은 어떤 것을 품고 있는지 가려져 있다. 그래서 사람들은 경계심을 늦추고 바람 부는 날 바다낚시를 한다. 테트라포드를 덮치는 물살에 실족사하는 뉴스를 접할 때마다 발톱을 숨긴 그것에게 무엇을 내주어야 하는지 모르는 것 같아 안타깝다.

친구도 소중한 것을 뺏길 뻔했다. 아이들이 어렸을 때 바다에 낚시를 하러 갔다가 키보다 높이 솟은 너울이 방파제와 부딪쳐 사방으로 물방울이 흩어지는 사이 아들이 없어졌다. 아이의 이름을 부르며 네 발로 방파제를 샅샅이 훑은 끝에 테트라포드 사이에 떨어진 아들을 찾았다. 이마가 찢어졌지만 무사했다. 그때의 마음을 무슨 말로 표현할 수 있을까. 하늘이 노랬다는 말밖에 생각나지 않는다.

바다에만 너울이 있는 것은 아니다. 우리의 삶에도 있다. 너울이 시간차를 두고 밀려오듯 살아가면서 한두 번의 풍파를 겪지 않는 사람은 드물다. 나는 고등학교 졸업을 앞두고 눈앞이 아뜩했다. 대학은 일찌감치 포기한 터라 미련이 없었으나 취직이 문제였다. 성적이 우수하지도 않았고 인맥도 없어 답답한 나날을 보내다 졸업을 했다. 식구들 볼 낯이 없어 구석진 자리를 찾았고 밥상 앞에서 숟가락질도 눈치가 보였다. 자꾸만 움츠러드는 자신이 싫어서 결단을 내렸다. 공장에 취직을 했다.

베를 짜는 공장이었다. 내가 맡은 일은 실을 감는 것이었다. 종일 바디와 북소리, 라디오 소리, 환풍기 소리가 이루어 내는 합주가 고막을 두드리다가 천장으로 올랐다 바닥으로 내려앉았다. 머리가 어질어질했다. 공장 안은 백열등을 밝혔는데도 침침하여 먼지가 보이지 않았다. 일을 마치고 문을 나설 때면 목이 따끔거리고 눈이 서걱거렸다. 전신이 노곤했지만 쉽사리 잠이 오지 않는 밤이 계속되면서 박제인형이 되어 가고 있었다. 이대로 있다가는 어느 순간 내 삶을 포기할 것만 같았다.

물에 빠진 사람의 마지막 발차기가 필요했다. 하루는 라디오에서 나오는 노래를 옆 사람에게 들리도록 따라 불렀다. 수군대는 소리가 들렸지만 부끄럽지 않았다. 당장의 숨통을 틔우기 위한 절실한 몸부림이었기에 그들에게 보이는 모습은 중요하지 않았다. 가슴이 시원해지면서 만사 시들해진 마음을 다잡을 수 있었다. 공장에 올 때 가져온 책을 펼치는 날이 많아질 때쯤 취직을 시켜준다는 담임 선생님의 전화를 받았다.

인생의 전환점은 의지로 좌우된다. 그렇게 시작한 회사 생활을 십 년 채우고, 인생에 있어 내 별 하나는 줍겠다는 마음으로 다른 문을 두드렸다. 그동안 한 번의 너울을 지나온 뼈아픈 경험을 망각하고 폼이 나게 살다 죽어야 한다고 거만을 떨었다. 호기롭게 학원을 열었다. 번듯하게 차려 놓고 관리만 하면 저절로 황금알을 낳는 줄 알았던 학원 일은 녹록지 않았다. 첫 달부터 시작된 적자로 여섯 달 만에 문을 닫았다. 호된 대가를 치르고 얻은 것은 빚뿐이었다.

굴러 떨어지는 돌에는 굄돌이 소용이 없다. 나는 나락으로 떨어졌다. 빚은 이쪽에서 빌려 저쪽에 갚아주는 돌려막기로 해결했다. 한심한 자신을 생각하면 먹을 것을 목구멍으로 넘기는 것이 용납되지 않앗으나 배는 더 자주 고팠다. 할 수 있는 것은 부스스한 머리칼과 둥글게 말린 몸을 그러안고 떼꾼한 눈으로 허공을 쳐다보는 것, 바보라고 중얼거리는 것이었다. 친구와 후배가 결혼식에 초대를 해도 갈 수가 없었다. 수중에 돈이 없기도 했지만 거기에서 갚아야 할 돈이 있는 사람을 만난다는 게 겁이 났다. 날이 가도 나에게는 죽은 시간만 넘쳐나고, 가슴은 햇덩이를 삼킨 것처럼 뜨거워 자주 바다로 달려갔다. 너울과 맞장을 떠 이겨야만 했다.

마음을 풀어놓은 채 발이 저리도록 서 있었다. 그제도 어제도……. 조금씩 파도의 움직임이 눈에 들어왔다. 물결은 내내 같은 방법으로 오는 것도 아니고 같은 모양으로 오는 것도 아니었다. 밀려와서 흐지부지되어 형체를 찾을 수 없기도 하고, 모래톱에 발만 걸쳤다 물러가기도 하고, 너울너울 넘어오다 거대한 고래 떼가 되어 한꺼번에 해안을 점령하기도 했다. 엄청난 기세로 달려와도 서서히 사라지고 흔적이 남을 뿐이었다. 모래가 발을 끌어당기더라도 걷고 싶어졌다.

너울이 두려운 이유는 파동에 갇힐 수 있기 때문이다. 해적들이 고요하게 엎드려있는 해무에 옴짝달싹하지 못하며 두려워하는 것과 같은 이치다. 그 속에서 발버둥을 쳐도 문지방에 걸린 노인네 엉덩이가 뭉그적거리기만 하듯 쉽사리 넘을 수 없는 아득함만 더해진다. 캄캄한 날의 연속이다. 길을 보여주지 않기에 그 시간이 영원할 것 같아 자신을 놓아버리는 순간이 올까 봐 겁이 나는 것이다.

삶에 있어 너울은 값진 경험이다. 나처럼 천지 분간을 못 하고 세상

무서운 것을 모르는 사람에게 진지하게 살아가는 자세를 가르쳐준다. 바닥을 뒤집어서 바닥의 아찔함을 통해 주어진 것에 감사함을 배우는 기회를 주기도 한다. 누구나 너울이 지나고 나면 너울의 크기만큼 마음이 커진다. 나 또한 더 단단해지고 겸손하게 사는 법을 배웠고, 힘찬 너울이 올 때는 몸을 낮추고 같이 물결을 타는 것도 방법임을 알았다. 보릿고개를 넘어야 숨을 쉬는 법이 생각나고 시집살이 끝나야 내가 보이는 것처럼.

모래 위에 발자국이 선명하다. 이른 봄날에 친구를 만나 바다의 너울을 만나고 나의 너울을 돌아봤다. 인생의 수많은 날들이 그저 무탈하기를 바라지만 또 너울을 만난다 해도 어쩔 수 없는 일이다. 담담히 받아들일 것이다. 지금 곁에 있는 친구가 지켜봐 주고 손을 내밀어 줄 것을 믿기 때문이다. 바다에서 널뛰는 너울은 여전한데 바다를 보는 내 눈에는 가시가 없다. 주어진 자리에서 최선을 다하며 물결 타듯 흘러가는 것, 그것이 삶의 모습이지 싶다.

인생은 내가 완성해야 할 책이다. 독자를 즐겁게 하는 이야기가 아니라 나를 만족시켜야 하는 이야기를 담는다. 나만의 그림을 넣고 색깔을 입히려면 고비마다 웅크리기보다 돛배가 바람을 타듯 부드럽게 넘어야 한다. 젊은 날에 별을 주우러 꼭대기로만 가려 했다면 이제는 너울 속에 숨어 있는 별을 찾으러 가야겠다. 삶은 오늘에서 내일로 이어지는 것이기에 내가 겪은 아찔한 너울이 밑거름이 되어줄 것이다.

긴 여행을 다시 시작할 때가 되었는지 겨드랑이가 간질거린다. 🌿

2
물결에 음표를 걸어두다

노을 풍경

　　　　지난해부터 노을이 보고 싶어 올여름 꽃
지해수욕장을 찾았다. 노을 명소로 가는 내내 심장박동이 빨라졌다.
도착했을 때는 이미 노을이 지고 있어 숨조차 참아가며 지켜보았다.
노을꽃이 막 만개하려는데 갑자기 구름이 몰려와 회색으로 덮었다.
조금만 기다리면 다시 수평선을 물들이는 장관을 볼 수 있겠지, 미련
을 버리지 못했다. 동행한 이들은 이미 해가 꼴깍 넘어갔다고 돌아서
자는데 먼 길 달려온 아쉬움에 발이 떨어지지 않았다.

　노을맞이는 늘 아쉬움으로 남았다. 짧은 시간에 찬란함이 스러지
기 때문이기도 하지만 기온과 바람, 대기의 맑은 정도에 따라 천차만
별의 색으로 표현되기 때문이다. 너무 아름다워서 오만가지 생각이
일어섰다 사라지게 하는 노을, 그런 노을이 보고 싶었다. 철모르던

시절, 우연히 마주한 노을을 넋을 놓고 보았다. 속에서 끓어오르는 기쁨 같기도 하고 슬픔 같기도 한 감정을 한마디로 설명하기 어려웠다. 그날의 노을은 속절없이 눈을 적셨다. 막대기로 가라앉은 앙금을 마구 휘저어 숱한 감정의 색이 새로 섞이는 기분이었다. 오래 잊히지 않았다. 내내 노을을 떠올리면 생각나는 풍경이다.

오늘은 짬을 내어 노을맞이를 나섰다. 도심의 가로수에는 가을이 도착하고 있었다. 지난달 시퍼렇던 잎들이 쏟아지는 햇살에 붉은빛을 끌어올리고 있었다. 슬금슬금 산 아래로 내려오는 색의 잔치가 시작되었고 나무 그늘이 적시는 보도블록도 흰색에서 좀 깊어진 회백색이다. 콧노래를 흥얼거리며 시골길로 방향을 잡았다.

창문을 내리고 달렸다. 간들바람이 지나며 머리카락을 사라락 흔들자 마른풀 냄새가 달려들었다. 곧 들이 다양한 노랑으로 펼쳐졌다. 벼가 노랗게, 누렇게, 노르스름하게 익어서 바람을 따라 물결쳤다. 가을 들녘을 물들이는 햇빛 자락도 거들었다. 어쩔 수 없는 농부의 딸인지 보는 것만으로 배가 불렀다. 오래된 기억들이 들을 지나 건너왔다.

가을 들녘은 언제나 흥겨웠다. 주고받는 막걸리 사발이 넘치고 자식들에게 약속을 남발하는 부모님의 어깨가 펴지는 때였다. 그에 비해 몸은 쉴 틈이 없었다. 참깨 도리깨질이며 나락 탈곡이며 콩 타작이며 일거리는 곳곳에 넘쳐났다. 새벽부터 부지런히 움직여 어둠이 처마를 지나 마당에 내려앉을 때쯤 손을 털고 저녁상에 앉았다. 저들 어딘가에 있을 보고픈 이들을 쫓느라 눈길을 멀리까지 보냈다.

볕내를 맡으며 넓은 들을 지나 한적한 곳에 차를 세웠다. 유자를 머금은 향긋한 차를 마시며 곳곳을 색칠하는 가을 풍경을 즐겼다. 주변은 밭과 논이 대부분이었다. 창밖으로 계절의 고개를 넘어가는 억새의 흰 미소와 붉은 감이 만들어내는 등롱이 햇살 아래 느긋하다. 일바지를 입고 막바지 고추를 따는 아주머니의 굽어진 허리, 가을걷이하는 농부의 어깨에도 가을이 또랑또랑 익어가고 있었다. 참 푼푼한 가을이다.

오후의 해는 짧았다. 언덕 위 주택 유리문에 빛이 고이고 있었다. 저무는 기운이 스멀스멀 들녘을 가로질러 오고, 계단을 내려오듯 태양이 성큼성큼 서산을 향했다. 해가 가는 방향으로 차를 몰았다. 천천히 속도를 맞추며 따라갔다. 산그림자 길어지는 산굽이를 지나고 물그림자 어룽지는 저수지를 지나 사과밭을 지났다. 옅은 그늘이 점점 진해지며 길게 내 뒤를 따라왔다. 어느 순간 파랗던 하늘에 색이 섞이고 있었다. 마음이 급했다. 여유를 버리고 달려 산마루에 차를 세웠다.

능선 너머가 물들기 시작했다. 붉은 해가 산마루 위에서 호흡을 가다듬는 듯 하늘 자락이 불그스름해지면서 하늘과 땅의 색이 시시각각 변했다. 땅의 색이 조금씩 짙어지다 경계를 지우듯 한 가지 색으로 넓이를 키운다. 산들이 검푸르게 변하는 동안 하늘 모퉁이는 파랑 위를 주황이 밀려오니 구름이 짙어졌다. 다시 빨강이 스르륵 피어나니 노랑이 반대편에서 색을 먹으며 지나갔다. 엇갈려 섞이기를 반복했다. 마치 여러 색의 고무찰흙을 한꺼번에 조물거린 것처럼 오묘한 색으로 물들고 있다. 거기에 지나가는 구름 물결이 포개지니 남청색이 스며들듯 피어났다. 마치 산허리를 감싸 안고 찰랑거리는 듯하다. 황홀한 빛깔, 사람의 마음을 벅찬 감동으로 가득 채운다.

　노을맞이가 끝나고 머릿속 파노라마가 이어졌다. 마음만 부자였던 시절, 단골가게에서 주전자에 보글보글 물 끓는 소리를 베이스로 두런두런 일과를 풀어놓았던 무싯날의 말랑했던 시간들에 풍덩 빠졌다. 마음을 나누고 마음을 받았던 따뜻한 기억들이 가득했다. 지나간 날의 어디쯤은 캄캄한 검정색이 흘렀겠지만 돌아보는 시간은 노을빛이었다.

　어느덧 인생시계가 가을에 접어들었다. 생각의 갈래를 정리하여 단순화시키는 작업이 아직은 길을 헤매는 중이다. 그러나 오늘의 노을맞이는 인생의 페이지에 덧그리는 붓질이었다. 🍃

다람쥐, 간이 커지다

　　　　　　산에서 다람쥐를 만났다. 대부분의 다람
쥐는 사람의 인기척이 들리면 부리나케 숨거나 달아난다. 그런데 도
망가지 않고 뒷다리로 서서 입을 오물거리며 나와 눈을 맞추고 있다.
황당하기도 하고 어찌 나올지 궁금하기도 해서 땅에 앉아 지켜본다.
다람쥐는 나와의 눈싸움에서 결코 피하지 않고 볼록한 볼을 움직이
며 태연하다. 마치 너는 나를 잡을 수 없다는 당당한 눈빛이다. 어이
가 없어 내가 발을 쿵 굴리며 잡을 듯한 자세를 취하자 그제야 나무
사이로 사라진다.

　다람쥐의 간 큰 행동이 하루아침에 나오지는 않는다. 처음 낯선 소
리를 들었을 때는 앞뒤 가리지 않고 숨기에 바빴을 것이다. 숨이 팔
딱거려서 기절할 정도였지 싶다. 몇 번을 경험하고 나서는 호기심이

생겨 숨어서 콩닥거리는 심장을 달래며 주위를 살폈고, 그런 행동을 반복하다 보니 저에게 해코지를 하지 않는다는 것을 알았는가 보다. 발소리에 서서히 적응하여 환경을 받아들인 반응이다.

준비가 안 된 상태에서 무엇을 받아들인다는 것은 어렵다. 변화하는 환경에 나름 적응을 잘한다고 생각했는데 아이들 키우는 문제만큼은 쉽지 않았다. 내가 원하는 대로 자라주지 않는 자식 때문에 골머리를 앓은 것이 한두 번이 아니다.

서로에게 적응하기 위해서는 시간이 필요했다. 내가 아이들의 한계를 인정하고 아이들이 내 마음을 온전히 이해하기까지는 결코 쉽지 않았다. 눈앞에서 아이의 방문이 수없이 닫히고 내 입에서 독이 든 말들을 폭포수처럼 쏟아 냈다. 씩씩거리며 냉수를 마신 뒤에도 아이의 마음을 이해하려 하기보다 부족한 부분만 도드라져 보인 적이 많았다. 밤이 깊어 혼자만의 시간이 되면 아이의 자는 모습을 몰래 들여다보며 공부가 뭐라고 이리 안달복달하는지 반성을 하곤 했다. 아이의 좋은 점만 보리라 굳게 마음을 먹었다.

사람마다 적응 방법이 다르다. 아이들과 좋은 관계를 유지하기 위해서 성적보다 인간성, 사교성이 우선이라고 생각을 바꾸었다. 아이는 엄마의 잔소리에 토를 달기보다 "알았어요, 알았어." 하며 반성하는 척했다. 그렇게 나는 나대로 성적에 대한 기대치를 낮추면서 살아가는 방법을 터득하고, 아이는 아이대로 순간을 모면하기 위한 방법을 찾았다.

산에서 만난 다람쥐도 이런 과정을 겪었기에 저리 태평한가 보다. 그러나 아직 사람 가까이 다가와서 재롱을 부리지 않는 것을 보니 조금의 경계심은 있다. 만에 하나 저를 해치려는 의도가 보이면 단숨에 사라지겠다는 긴장을 유지하고 있는 듯해서 안심이다. 환경에 백 프로 적응보다는 나만의 색깔을 지키겠다는 의지가 보이는 듯해서 대견하다.

간이 큰 다람쥐를 만나고 온 나는 자꾸 입꼬리가 실룩거린다. 사람을 보고 도망가지 않은 것이 기특해서다. 다람쥐 세계에서 반항아로 찍힐 만큼 용기 있는 행동이다. 그의 산 경험이 친구들에게 틀림없이 많은 도움이 될 것이다. 어떤 것이든 두려움을 극복하려는 노력 없이 이루어지는 것은 없지 않은가.

주변의 환경은 늘 변화한다. 아침이면 새로운 소식이 쌓여있고 지구촌 어디에서는 전쟁이 일어나는 상황이다. 코로나19가 세계를 덮쳐 경제가 얼어붙은 것처럼 예측할 수 없는 시대다. 또 어제 멀쩡하던 전화기가 고장이 나서 연락처가 다 날아가서 당황하기도 하는 것이다. 이런 크고 작은 사건들이 우리가 살아가는 데 많은 영향을 준다.

그러나 변화의 중심은 늘 사람이라고 믿는다. 사람이 어떻게 반응하고 어떻게 대처하느냐에 따라 내가 살아갈 세상이 달라질 수 있다. 무작정 두려워하는 것보다 개개인의 소중한 재능과 능력을 발휘하여 자신의 위치에서 최선을 다하는 모습이 더 중요하지 않을까.

다람쥐는 자신의 영역만 고집하지 않았다. 조금씩 사람과의 거리를 좁히려고 한 걸음씩 앞으로 내딛는 노력을 했다. 가끔 발소리를 듣고 놀라기는 하지만 무작정 도망가지 않고 서로 눈짓을 교환할 정도가 된 것이다. 그 작은 생명체가 덩치가 큰 사람을 받아들이는 자세는 배울 점이기도 하다.

　서로를 향한 조금의 배려와 존중이 삶의 가치를 향상시킨다. 다람쥐는 조금 더 간이 커지고 사람은 더 큰 품으로 안아줄 수 있으면 좋겠다. 부족한 대로 어울려서 채워가는 세상, 큰 그림을 꿈꾼다. 🐿

달빛조각 춤사위

　　겨울 밤하늘은 시푸르다. 파랑물을 잔뜩
머금은 무명처럼 시린 차가움으로 깊이를 더한다. 툭 건드리면 물방
울이 아니라 은가루가 좌르르 쏟아질 것만 같다. 피터팬의 손을 잡고
하늘을 날아가는 웬디를 찾을 수 있을까 싶어 자꾸 하늘을 더듬는다.
그럴 때면 내 머리에 숨어있던 기억들이 말랑말랑 파랗게 살아난다.

　달이 나를 따라다닌 적이 있다. 친구 선이 집을 찾아가는 길이나 배
꼽마당에 숨바꼭질할 때, 뒷간에 볼일 보러 갈 때면 나를 따라왔다.
떡하니 나서서 내가 너를 지켜준다는 자랑이 아니다. 적당한 거리에
서 은근하게 동무해준다. 든든하게 지켜주니 밤마실이 무섭지 않아
자주 친구 집을 찾고는 하였다.

　섣달 보름날 달빛의 촉감은 보드라운 벨벳 같았다. 절기상 엄청 추
울 때인데 구름의 두께가 두꺼워진 푸근함이 있었다. 둥두렷이 떠오

른 달의 주위를 오리온자리, 황소자리를 비롯한 별자리가 선명했다. 마치 땅으로 내려올 것처럼 가까웠다. 손을 뻗으면 공기가 손가락 사이를 빠져나갔다.

　그 달빛이 가장 장관을 이룬 곳은 장독대였다. 마당 귀퉁이 장독대에 다다른 달빛은 교교했다. 둘레를 감싼 보송한 빛에 의해 검은 항아리는 은가루가 묻은 듯 은빛이 돌았다. 어머니께서 떠놓은 정화수에 별들이 내려왔고 허공을 가로지르는 바람조차 살곰 지나다녔다. 그 무엇도 깨뜨릴 수 없는 신성함이 깃든 장소였다. 나는 거미줄에 낚일 곤충을 기다리는 거미처럼 숨을 죽이고 지켜보았다. 너무 신비스러워 숨이 막혔던 풍경은 감동이었다. 그 후 고요하다는 단어를 접할 때마다 그 밤의 장면이 재생되고 재생된다.

　그날부터 달은 그저 달이 아니었다. 뭔가 내가 모르는 비밀이 존재한다고 믿었다. 아득히 먼 조상들부터 정화수를 떠놓고 기원하던 의식이 단순히 무속적인 행위만은 아닐 거라고. 과학의 진실과는 별개로 작용했다. 성년이 되어 하늘 보는 날이 거의 없었지만 어쩌다 달빛이 창으로 스미는 날이면 두근거리며 지켜보기도 했다. 그러나 그 밤 이후로 특별한 느낌은 없었다.

　며칠 전 바닷가를 걷다 가슴이 심하게 두근거렸다. 한 곳에서 은빛 군무가 벌어지고 있었다. 저 멀리 밤바다는 검게 누워서 가는 코골이를 하듯 가릉거리는데 등대 주위에서 날비늘 같은 것이 파닥이고 있었다. 자세히 보니 물결에 음표를 걸어두고 엷은 날개를 파르르 흔드는 빛무리였다. 넋을 놓고 보았다. 심장 소리가 들릴까 봐 숨도 제대로 쉬지 못했다. 조각조각 나뉘어 희게 반짝이는 것들은 무엇이었을까. 하늘에는 분명 달이 있었다.

수십 년이 지난 섣달 보름이 다시 소환되었다. 그 밤이 고요의 대명사라면 이 밤은 바다에 생을 펼친 이들에게 축원을 바라는 신성한 춤사위였다. 욕심을 닦아낸 각자의 원을 조각에 담아 하늘로 올리는 숭고한 기원제 같았다.

긴 세월 달은 하늘에 있었다. 믿지 못할 전설이 이어져 왔고 별자리에 얽힌 영웅들의 이야기도 전해 왔다. 그 모두가 이야기로만 끝난다면 우리의 가슴에는 물기가 마르고 심장은 딱딱해지지 않을까. 우리가 모르는 신비한 세계와 과학이 풀지 못하는 상상의 공간이 있으므로 인간은 보다 겸손해지리라 생각해본다.

나는 달의 신비함을 경험했다. 이제 달 하면 달나라에 가는 것을 생각하기보다 신성한 무엇으로 기억되는 달이다. 많은 사람들이 마음에 무엇을 담아 달을 보는지에 따라 그 형태는 무수히 변할 것이다. 때로는 신령함이나 엄마를 대신할 포근함이 될 것이나 더러는 무시무시한 심판관으로 다가올 것이다.

가슴에 새겨본다. 달이 조각으로 나뉘어 쏟아져도 빛의 형태가 변하지 않듯 마음이 조각으로 나뉘어 여럿에게 가더라도 마음은 줄어들지 않고 채워지고 있다는 것을. 내게는 아직 감염되지 않은 싱싱한 마음이 있다. 아까워하지 말고 두루두루 나눠줘야겠다. 🌾

맞이하다, 슈룹* 아래서

곧 추석이다. 해마다 이 무렵이면 태풍이 지나간다. 사람들은 태풍에 무탈하길 바라건만 올해는 엄청난 피해를 입었다. 각자의 방식으로 추석맞이를 준비하고 있었을 텐데 안타깝기 그지없다. 비를 피할 수 있는 슈룹이 간절하다.

태풍 '힌남노'가 지나간 자리는 끔찍하다. 시간당 쏟아부은 폭우로 포항의 일상이 마비되었다. 뉴스 화면에서 확인하는 곳곳의 침수 지역과 하천 범람, 정전 상태 따위가 놀랍고 무섭다. 이맘때면 수확 직전인 과일, 막바지 힘을 내는 벼농사와 고추 농사가 재해 앞에 속수무책 당했으리라. 떨어지고 잠기고 무너진 처참한 모습에 망연자실도 잠시였다. 모두가 원상복구에 손을 보탰다.

의미 차이가 뚜렷하지 않은 말이 있다. 사전에 찾아보면 어떻게 다른지 차이를 분간하기 어려운 단어가 있다. 평안하다와 안녕하다, 맞이하다와 맞다가 그렇다. 맞이하다는 오는 것을 맞다, 맞다는 시간이 흐름에 따라오는 어떤 때를 대하다, 라고 적혀 있다. 그리고 엇비슷한 경우 둘 다 사용 가능하다고 한다. 태풍을 맞이하다와 태풍을 맞다가 아리송하다. 지금껏 맞이하다는 기쁘고 좋은 일에만 써왔다.

그래서 맞이하는 일에는 가벼운 설렘이 따라왔다. 손님을 맞이하려면 집을 깨끗이 하고 정성껏 음식을 준비하느라 바쁜 중에도 기분이 좋았다. 새해를 맞이할 때면 지난해를 돌아보고 반성할 것은 하고 잘한 것은 뿌듯해하며 새날을 향한 다짐으로 희망에 부풀기도 했다. 생일이나 승진, 기념일에는 마음껏 축하하기 위해 작은 선물과 꽃을 준비하며 대상자보다 준비하는 내가 더욱 기뻤다. 행사를 준비하는 과정이 번거롭긴 했지만 함께하는 즐거움이 더 컸기 때문이었다.

맞이하다와 달리 맞다는 불시에 찾아오는 불청객인 줄 알았다. 예정된 것이 아니라 갑자기 맞아 정신을 차릴 수 없는 혼란한 상황을 만든다고 믿었다. 이번 태풍이 그런 상황이었다. 며칠간 뉴스에서 태풍 '힌남노'를 대비해야 한다, 어마무시한 초강력 태풍이라는 등 엄청 열심히 홍보했다. 나는 어디를 어떻게 대비해야 할지 당황하면서도 창문이나 베란다 틈새를 살펴 나름 대비를 했다. 일층에 가게가 있는 사람들도 모래주머니를 쌓고 중요한 것은 높은 곳에 올렸다. 집마다 창문 테이핑을 하고 자동차를 지하 주차장으로 옮기기도 했다. 그러나 태풍은 상상하지 못할 상처를 남겼다. 악질인 태풍을 맞다고 해야만 할 것 같다.

인생에서 맞아야 할 것은 많다. 자연재해가 그 일부이긴 하다. 하지만 더 많은 경제적 감정적 문제들을 온몸으로 맞기도 한다. 어쩔 수 없는 이별을 받아들여야 하는 저릿한 아픔, 사고로 인한 정신과 신체의 고통, 실패와 좌절, 사회생활에 얽힌 관계의 복잡성이 맞서 싸워야 할 문제다. 이럴 때마다 내 편이 되어 쏟아지는 비를 가려주는 우산이 간절하다.

비가 오는 날 우산이 없으면 쓸쓸하다. 사실 우산을 쓴다고 비를 다 피할 수 있는 것이 아니라서 신발이나 종아리는 축축하게 젖기 일쑤다. 덩치가 큰 사람은 어깨도 젖는다. 바람 불고 비 오는 날은 걷는 데 우산이 방해가 되는 듯해도 쉽게 우산을 접지 못하여 살대가 부러지거나 찢어져야 포기가 된다. 아마도 붙잡은 우산이 약한 것을 알아도 불안한 마음을 기대고 싶어서다. 어릴 때를 생각해 보면 이해가 되는 일이다.

부모님은 우산 같은 존재다. 아주 어릴 때는 친구와 싸웠을 때 무조건 내 편이 되어 우는 나를 어르고 달랬다. 친구를 혼내주지 않아도 힘이 되고 든든했다. 살면서 궂은일, 험한 일, 슬픈 일이 있을 때마다 기댈 수 있는 뒷배가 되어주고 기쁜 일이 있을 때는 나보다 더 기뻐하는 바보다. 어른이 되어 가정을 이루어도 내리사랑은 변함없이 비를 맞지 않도록 기꺼이 우산이 되어준다. 언제나 자식을 향한 마음길을 열어두어 그 그늘로 들어와서 쉬어도 괜찮다, 따스한 눈으로 어루만진다. 자식이 맞은 고비를 평생 속에 쌓아둔 채로. 슈룹, 이름 안에 가없는 사랑을 품은 뜨거움이 묻어난다.

　올 추석에도 보름달이 뜰 것이다. 어깨가 젖을 것을 알면서도 두 사람이 쓰기도 하는 우산이다. 그것은 서로를 생각하는 따뜻함이다. 사랑이 가득한 우산 아래서 얼굴을 맞대고 상처를 보듬으며 오순도순 맞이하는 추석을 그려본다. 🌿

　＊슈룹 : 우산의 옛말

미니멀라이프를 꿈꾸다

이삿날을 잡았다. 날은 자꾸 가는데 마음만 분주할 뿐 몸이 선뜻 움직이질 않는다. 창고를 열어보고 방마다 기웃거린다. 자리를 차지한 물건을 보고 엄두가 안 나서 다음으로 미룬다.

창 너머 펼쳐진 바다를 본다. 윈드서핑을 하는 사람이 많은지 점점이 하얀 돛이 남실댄다. 푸른 바다와 흰 돛이 어우러진 풍경은 나를 먼 나라의 호수로 데려간다. 햇살은 조각조각 부서져 내리고, 백조가 솔솔바람이 만든 물결을 미끄러지는 모습이 숨 막히도록 고요하다. 곧 커다란 날개를 펼치고 하늘로 날아오르기를 고대하며 지켜본다. 자꾸 손에 힘이 들어가고 목이 마른다. 마른침을 넘기며 제발, 제발 하는데 소음이 귀를 때린다. 환상을 깨트리는 제트스키의 우렁찬 출발 소리다.

나는 바다가 보이는 집에 살고 있다. 이 집에게 첫눈에 반한 이유가 바다가 보이기 때문이었다. 미세한 공기의 흐름과 구름의 변화무쌍함을 잘 담아내는 바다다. 때로는 바다가 파랗다는 말이 무색할 정도로 검푸른 날이 있고 너무 반짝여서 투명하게 보이는 날이 있는가 하면 파랗고 파래서 손톱에 물이 들 것 같은 날도 있었다. 오늘같이 아름다운 동화의 나라로 데려가는 날도 있다. 멀리서 작은 물결이 물기둥을 밀어 올려 하얗게 해안으로 달려와 모래를 데려가는 날이면 나도 따라가고 싶어 들썩이기도 했다. 그 어떤 모습도 다 좋았다.

집을 떠나려니 미련이 가득하다. 아이들이 초등학생일 때 이사를 와 이십 년 넘도록 살았다. 해와 달을 넘기며 나쁜 일도 있었지만 기쁜 날이 더 많았다. 십 년 동안 이삿날을 기념하며 작은 파티를 했고 불빛축제에 넋을 놓았던 적이 여러 번이었다. 슈~웅 올라가 펑펑 터지며 바닥을 향해 뿌려지는 형형색색 빛의 아름다움에 와와, 감탄사를 나누었던 시간이 있다. 무엇보다 아이들의 성장기를 같이한 집, 언제나 가족과 단란했던 순간들로 남아 있을 집이다.

마음을 다잡아 안방부터 정리하기 시작했다. 옷을 꺼내 남길 것과 버릴 것을 분류했다. 옷을 들고 달막거리느라 시간이 지체되었지만 몇 무더기 쌓이며 끝이 났다. 다음은 서랍 속 물건들을 꺼냈다. 옷보다는 수월하게 정리되고 있었는데 오래된 비디오테이프 앞에서 손이 멈췄다. 결혼식과 아이들 유치원 재롱잔치를 녹화한 것이었다. 이

것이 여기 있었구나 싶어 가슴이 말랑해졌다.

하던 것 버려두고 비디오를 돌렸다. 화면에 나온 딸이 바이올린을 켜고 있다. 원복 치마가 살짝 들려서 속옷이 보일락 말락 한다. 그저 귀여워 웃음이 났다. 짧은 동요를 연주하는 내내 리듬을 타지 않고 굳은 표정으로 기계음을 낸다. 유치원 때부터 저랬구나, 잘 웃지 않고 남 앞에 서는 것을 어려워했구나. 지금껏 변하지 않은 딸에게 미안했다. 나는 크면서 변할 줄 알고 끊임없이 격려하고 끌어당겼다. 조금만 연습하면 나아지리라 믿었기 때문이었다. 아이는 이미 최선을 다하고 있었다는 것을 몰랐다. 어설픈 엄마였다는 것을 새삼 깨닫는다. 남은 것은 나중에 보려고 주섬주섬 상자에 담았다.

마음이 무거워 몸을 일으켰다. 커피를 마시며 둘러보니 난장판이다. 다른 곳은 다음으로 미루고 봉투에 쓰레기가 된 물건들을 담아 분리수거장으로 내리는데, 한참이나 걸렸다. 며칠 동안 창고와 아이들 방, 부엌을 정리하는 데 몸살이 날 지경이었다. 한두 번 손이 가고 다시 찾지 않은 것들도 있었다. 언젠가는 쓰겠다고 모아둔 본품에 딸려온 사은품이 생각보다 많았다. 쓰레기로 전락한 물건들이 꼭 필요했을까? 저 많은 쓰레기가 마음속에 고여 있는 욕심의 크기인가 싶었다. 민낯을 보인 내 모습이 부끄러워 손부채질을 했다.

요즘은 미니멀라이프를 실천하는 사람이 종종 있다. 아마도 의·식·주 해결에 필요한 것, 기본적인 것이 단출할수록 마음이 맑아진다는 것을 아는 사람들이다. 이것저것 겉모습을 치장하는 것보다 사람에게 집중하는 것이 품을 키우고 삶의 질을 높인다는 것을 알아버려서다. 나는 이삿짐을 싸면서 버려야 하는 이유를 조금은 이해했다.

바다는 데리고 가야겠다. 이 집에서 엮었던 우리만의 이야기도 겹겹이 싸매서 마음 창고에 담아가기로 한다. 대신 허황되고 헛된 욕심은 버리는 물건과 함께 쓰레기장으로 보낸다. 이사한 집에서는 미니멀라이프를 꿈꾼다. 🫒

미루나무 꼭대기에 고무줄이 걸리고

         습한 기운이 몰려온다. 장마가 시작된다는 일기예보에 맞게 날씨는 종잡을 수 없게 제멋대로다. 쨍쨍한 햇살에 싱그럽던 잎마저 시르죽하다. 천둥이 우르릉 울리더니 한줄기 비가 내린다. 열에 달궈진 대지를 식혀준 비 때문에 습도가 높아져 몸이 까라진다.

    여름은 언제나 뜨거웠다. 십 리 길을 걸어올 때면 가방 무게에 어깨가 늘어졌다. 정수리에 내리꽂는 빛살에 얼굴이 익어가고 등줄기를 타고 흐르는 땀은 축축해서 잠시 다리쉼을 해야 했다. 그런 우리에게 그늘이 필요했고 그 그늘을 제공해준 나무는 미루나무였다.

    미루나무는 여름 하굣길을 함께했다. 먼지 폴폴 날리는 비포장도로를 타박타박 걸을 때면 길가에 쭉 늘어선 미루나무가 잎사귀를 살랑살랑 흔들어 더위를 식혀줬다. 우리는 가방을 한데 모아놓고 그늘에 앉아 웃고 떠들다 지나가는 친구가 보이면 불러서 같이 고무줄놀이하고는 했다.

마을 공터에도 미루나무가 있었다. 누가 먼저랄 것 없이 시간 나면 거기로 갔다. 매미 소리 쨍하던 한낮의 열기가 조금 숙지면 고무줄놀이가 시작되었다. 노래를 부르며 폴짝폴짝 뛰기도 하고 고무줄에 발을 걸어 꼬기도 하고 고무줄을 잠시 지르밟았다 풀어주기도 하며 시간 가는 줄 모르고 놀았다. 여자애들 옆에서 남자애들은 저들끼리 키득거리며 놀이에 코를 박고 있다가 슬쩍 곁눈질했다. 때로는 슬금 다가와 훼방을 놓기도 했지만 고무줄놀이를 멈추지는 않았다.

산 위로 노을이 펼쳐지고 집마다 인기척이 나면 하나둘 집으로 돌아갔다. 아이들이 떠난 빈터를 미루나무가 지켰다. 아이들의 하루를 갈무리하여 결로 새기고 쏟아지는 별을 초록으로 받아내어 위로 위로 가지를 키웠다. 그 나무는 늘 그 자리에서 반가이 맞아주었고 우리 성장의 시간을 켜켜이 품었다.

아이들은 자랐고 고무줄놀이보다 더 흥미로운 것에 관심을 보였다. 새로운 놀이와 새로운 친구에 빠졌고 고민거리가 늘어나면서 뒤를 보기보다 눈앞에 놓여있는 현실을 좇아 걸어가기 바빴다. 더 자라서는 할 일이 많았고 시곗바늘은 빨리 돌았다. 그렇게 미루나무는 잊혔다.

미루나무가 사라졌다. 어디로 가는지 궁금해하는 이도 없이 뿌리마저 뽑혀 나갔다. 그 자리는 농협 창고가 차지했다. 무심한 사람들은 창고의 효용성에 고마워할 뿐이었다. 아무도 성장기의 소중한 한 페이지가 뜯어져 나가는 것을 알지 못했고 시간은 앞으로만 흘렀다.

앞에는 무슨 대단한 것이 기다리는 줄 알았다. 이것이 맞는지 헷갈릴 때마다 조금만 더, 나중에, 라는 말로 두루뭉술하게 넘어갔다. 일 센티미터만 벗어나도 큰일이 나는 줄 알았다. 지나고 보니 아픈 만큼 아파하고 슬픈 만큼 슬퍼하고 죽을 만큼 힘든 일도 겪어야 하는 사람다워지는 과정이었다. 가끔 곁길을 걸어도 좋았을 성싶다.

지금은 숨이 차도록 달릴 필요 없는 안정기다. 재물에 안달복달하거나 자식에게 애면글면 매달리는 것에서 몇 발자국 뒤에 있다. 순리에 따르는 것이 모두가 편안하다는 것을 알아버린 나이다. 마음의 여유가 생기고 시간의 여유도 생겼다. 현재를 느긋하게 즐기면 되는데 내 시계는 자꾸 과거로 돌아간다. 앞으로 나아갈 시간보다 돌아볼 시간이 많아진 탓이다.

여름이면 미루나무 아래서 고무줄놀이하던 때를 더듬는다. 놀이를 온전히 즐기며 순수하게 땀 흘렸던 그 시절이 가슴을 물들인다. 씨아질로 뽑아낸 목화 같은 추억들이 몽글몽글 피어 흥건하게 고이는 날에는 잊었던 친구들의 얼굴이 곱게 어룽거린다.

간만에 옛 친구에게 전화를 걸어야겠다. 여전히 단발머리인 그녀에게 미루나무 꼭대기에서 그악스럽게 울어대던 매미와 고무줄놀이하던 친구들 어디 있는지, 추억팔이하며 더위를 식혀야겠다. 지나는 바람에 잎들이 쏴아쏴아 더위를 몰아간다. 🌿

사람냄새

　　여행이다. 마음 맞는 친구들과 대전 '한밭식물원'에 다녀오기로 했다. 식물원에 가서 꽃 따로 이름 따로 알고 있는 것을 제대로 알아보기 위해서다. 기차로 가는 여행이라 몹시 기대된다. 내가 마지막으로 기차를 탄 것은 15년 전 아이들을 데리고 경주에 다녀온 것이다.

　　대전행 KTX를 탔다. 처음이라 예약한 좌석에 앉기까지 친구가 하는 대로 따라 했다. 흐트러짐 없이 줄 지어 있는 의자와 조용히 앉은 승객들, 깨끗한 실내가 나를 맞이했다. 딱딱하다. 자유로운 분위기와 다소 지나치다 싶을 정도의 소란 속에 자신을 맡기길 꿈꾼 여행이다. 지난밤의 설렘이 조용히 빠져나갔다. 나는 이방인이 된 듯하다.

　　우리는 좌석에 앉았다. 일행은 친구 둘과 지인 한 명이다. 얘기를 나누는 중간 중간 나는 유행에 뒤진 옷을 입었을 때의 어색함으로 자꾸 두리번거리게 되었다. 승무원이 지나갈 때 맞은편에 앉은 지인이 대전까지는 같이 가지만 대전에서 서울까지는 혼자 가야 하는데 좌석이 있겠냐 물었다. 승무원이 표 번호를 아느냐 묻자 앞에 앉은 친구가 번호는 기억 못 하니 확인해 보라며 휴대폰을 열어 승무원 손에 건네준다. 승무원은 작은 기계로 좌석이 있는지 검색하더니 좌석이 있다고 표를 판다. 어리둥절해진 나는 승무원이 떠나고 좀 전의 상황을 물었다.

친구들은 몰랐느냐 묻는다. 그렇다는 대답에 촌사람이라 놀리며 우리가 앉은 자리가 동반석이고 동반석은 가족끼리, 여행을 같이 가는 사람끼리 앉을 수 있다고 한다. 4인용이지만 정해진 요금을 다 지불하면 둘이 또는 셋이라도 사용할 수 있다. 표는 예약하면 휴대폰으로 전송되기도 하고 원하면 티켓으로 보내오기도 한다. 예전에 하던 기차표 검사는 예약제로 바뀌면서 일일이 하지 않고 빈자리여야 할 곳에 사람이 있을 때만 확인을 한다. 역에서만 살 수 있었던 표도 승무원을 통해 살 수 있다는 설명이다. 이 모두를 처음 알았다. 나는 과거에서 온 사람 같았다.

모든 것이 더 편리해지고 좋아졌는데 마음에 일어나는 정체 모를 불안은 무엇인가. 삶은 계란과 커피 마실 생각으로 애써 안정을 찾았다. 그것만 있다면 다시 기운이 날 것 같았다. 시선을 창밖으로 돌려 싱싱한 풀빛으로 물든 들을 보면서도 간식 카트가 빨리 오기를 기다렸다. 한참을 기다려서 온 수레에는 삶은 계란이 없다. 여행의 흥을 돋우려 끊임없이 조잘거렸지만 김빠진 사이다처럼 밍밍하니 맛이 안 난다.

한밭식물원에 도착했다. 햇볕은 뜨겁고 보아야 할 식물은 넓은 대지를 가득 채우고 있다. 하지만 발걸음은 가볍다. 허브 동산을 시작으로 이름표와 꽃을 대조해 보며 향기도 맡고 바람도 느껴보고 생소한 식물 앞에서는 사진도 찍었다. '콩짜개'는 콩이 반으로 쪼개진 것 같이 생겼고, '골무', '갓끈동부' 등 이름만 들으면 꽃의 모양을 상상할 수 있는 것들이 많았다. 이름을 지은 사람의 지혜를 엿볼 수 있어 그것에 더 정이 갔다. 콧등에 땀이 맺힐 때쯤 흔들그네에 앉아 그네를 탔다. 삐걱거리는 소리가 바람을 갈랐다.

한낮의 열기에 살갗이 따끔거린다. 표지판을 따라 걷다 보니 나무 그늘이 없어 쉽게 지쳤지만 동행한 친구가 있어 견딜 만했다. 넓은 식물원을 다 보기에는 시간이 부족하여 몇 군데를 선정해서 보고 마지막으로 장미정원을 지나 밖으로 나왔다. 길 건너에 있는 미술관에 들러 그림을 보았다. 눈이 호사를 누렸다.

미술관을 나설 때쯤 빗방울이 떨어졌다. 순식간에 비는 양동이로 들이붓듯 쏟아지고 도로에 물이 고였다. 기차 시간 때문에 지체할 수 없어 그 비를 다 맞았다. 우리는 물에 빠진 생쥐 꼴로 택시를 타고는 빨리 기차역으로 가 달라고 했다. 아저씨는 시간 안에 도착하기 어렵다고 한다. 우리는 "꼭 타야 돼요. 어떻게 좀 해 주세요."라고 부탁했다. 아저씨는 차를 이리저리 곡예 하듯 운전한다. 저만치 역이 보이자 뛸 준비가 되었냐 물었다. 차가 서는 것과 동시에 엉덩이에 불붙은 듯 뛰었다. 마음은 벌써 역에 도착해 줄을 서 있는데 몸은 아직도 역사 밖에서 헉헉대고 있다. 마지막 힘을 쥐어짜 겨우 시간 내에 도착해 허겁지겁 차에 올랐다. 좌석에 앉아 숨을 돌리자 유리창에 맺히는 빗물을 타고 지난날의 기차가 소리 없이 다가왔다.

스무 살 무렵의 나는 뿌리를 내리지 못했다. 이상과 현실의 괴리감에 정체성을 잃고 혼자 쓸쓸히 독기를 기르고 있었다. 항상 떠나고 싶었다. 이곳이 아닌 다른 곳에 가면 내가 찾는 파랑새가 있을 것만 같았다. 목적지 없이 밤 기차를 타고는 아무 역에서나 내려 텅 빈 역사 안에 몸을 접고 구석에 앉았다. 붙박이가 된 듯 몇 날이고 거기 있을 것 같았다. 묶인 데가 없는 생각은 먼 곳으로 달려가고 있는데 정신을 차리고 보면 어느새 나는 돌아오는 기차 안에 있다.

모든 것이 긍정적으로 보이지 않을 때였다. 기차 안에 넘쳐나는 소란스러움이 싫었다. 또한 여과 없이 전달되는 질박한 삶의 냄새도 싫었다. 그것을 피해 기차간을 잇는 통로에서 차가움을 마셨다. 특히 늙수그레한 할머니들이 말 붙이는 것이 귀찮아 내내 창밖만 본다. 눈치 없는 할머니는 내 옷을 반쯤 깔고 앉은 채 어디서 왔노, 몇 살이고, 왜 혼자 왔노, 연달아 질문을 한다. 마지못해 시큰둥하게 대해도 꾀죄죄한 보따리에서 먹을거리를 꺼내 권한다. 오늘 있었던 일이며 지나간 일들을 주절주절 읊고는 어느새 잠을 잔다. 아무렇게나 등을 기대고 입을 벌린 채다. 그 사이로 시커먼 것이 듬성듬성 보인다. 지나가던 취객이 발을 걸어도 눈썹만 찡그리다 다시 잠이 든다. 짜증이 나서 옆에 놓인 보따리를 발로 차려다 멈칫했다.

기차를 타고 무지개를 찾아 몇 번을 떠났다. 하지만 기차가 떠났다가 선로를 따라 다시 오듯 집으로 돌아왔다. 아마도 새로운 도전에 대한 두려움이 컸을 게다. 또한 알게 모르게 기차 안에서 접한 퍽퍽한 삶들이 영향을 주지 않았을까 싶다.

과거의 시간을 헤매고 있는데 옆에서 소리가 난다. 설핏 웃음소리가 들린 것 같다. 고개를 돌리니 조그만 아이가 동반석에 앉은 꼬마를 보고 반갑다고 말을 붙인다. 주변을 서성이자 보호자도 웃으며 말을 건네고 지켜보는 우리도 웃음이 났다. 나도 모르게 뭉클해진다. 아이든 어른이든 마주 보고 얘기할 수 있고 같이할 수 있는 무엇이 있다는 것은 큰 즐거움이다. 그 즐거움을 기계가 대신할 순 없다. 아침 차 안에서도 지금도 왠지 모를 어색함의 정체를 알 것 같다. 사람 냄새다.

모두가 조용하게 잠을 자거나 책을 읽는다. 젊을 땐 하릴없이 남에게 말 붙이거나 낯선 사람에게 이 얘기 저 얘기 늘어놓는 사람을 수다스럽고 교양 없다고 낮춰 보았다. 이제 어떤 유혹도 이겨낸다는 불혹을 지나 지천명에 이르러서인지 사람냄새가 그립다. 온갖 체면 형식 버리고 매 순간 만나는 사람마다 사는 얘기도 하고 약간은 푼수기 있는 수다쟁이가 되어 보는 것도 나쁘지 않을 것 같다. 요즘 들어 부쩍 그런 생각이 든다.

KTX여행은 새로운 경험이었다. 마음껏 수다를 떨 수 없어 아쉬웠지만 함께한 흐뭇했던 시간은 동반석이 한몫했다. 이름만으로 고단한 마음이 반쯤은 위로되었다. 언제나 여행하면 기차가 떠오르는 것은 추억이 있고 그 안에서 만났던 많은 사람이 있어서일 것이다. 아침 차 안에서 우리가 하는 얘기가 시끄럽다고 눈총 준 사람도 내 여행장부에 올랐다. 나에게 여전히 여행은 기차이고 거기에 동반석이 추가되었다.

동반석, 참 정겨운 이름이다. 사람냄새가 난다.

비타민

「니 언제 시건들래?」

"어~, 시 건들래가 아니라 시건들래 같은데…."

책을 앞에 놓고 둘러앉은 우리는 각자 보이는 대로 한마디씩 거들었다. 시 건들래다, 시건들래다 의견이 분분하다. 누군가 표지 디자인 하는 사람이 이런 효과를 노리고 한 것이 아닐까, 의심한다. 글씨 보라고 하면서 '시' 자가 유난히 크고 눈에 확 띈단다. 도둑이 제 발 저린다더니 시 건들래로 보인 것은 요즘 글을 안 썼더니 빨리 쓰라는 재촉으로 여겨진다. 그 말을 시작으로 이래서 그리 보였다는 각자의 이유를 들으며 와자하게 웃었다. 글자가 움직일 리 없는데 생각의 지배를 받아 움직이기도 하나 보다. 만남의 시작은 늘 엉뚱한 웃음으로 시작된다.

한 주의 시작인 월요일이다. 마음껏 게으름을 피우는 날과 달리 아침부터 부산하게 움직인다. 평소에 잘 입지 않던 옷도 입어보고 몇 안 되는 장신구도 해본다. 거울 앞에 서 있는 시간이 길어질수록 약속 시간에 닿기는 힘이 들어 허겁지겁 달려가야 한다. 하지만 문을 나서는 순간부터 달콤한 기분을 만끽한다. 독서 동아리 모임이 있는 아침이면 반복되는 모습이다.

전업주부인 나는 외출할 일이 별로 없다. 대부분 아이들을 위한 외출이거나 시댁에 들르는 것이 전부라고 할 수 있다. 그때는 누군가의 필요에 의해 외출하는 것이기에 내 기분과는 상관없는 외출이다. 갔다 오면 피곤이 배로 몰려와 눕고 싶다. 어쩔 수 없는 외출은 가끔 마음까지 고되게 한다.

그러나 동아리 모임은 온전히 나를 위한 외출이다. 주중에 있었던 이런저런 이야기를 시작으로 인사를 나눈다. 때로는 서로 이야기하기 바빠 사분오열되기도 한다. 그럴 때면 누가 아이고 시끄러워라, 한 사람씩 이야기 좀 하자, 여기저기서 얘기하니 정신이 하나도 없다, 일갈한다. 잠시 조용해진다. 곧 누가 먼저랄 것도 없이 영화, 책, 사건 사고, 드라마 이야기가 끝도 없이 쏟아져 섞이고 섞여 무채색이 되면 이제 공부하자 한다.

우리는 좋은 책 있으면 서로 나눠 읽고 단체로 사서 보기도 하고 글도 쓰고 문학기행도 한다. 요즘에 공부하고 있는 책 제목이 『니 언제 시건들래?』란 토박이말 시집이다. 경상도(동남 방면 지역) 편을 시작했다. 구순희 님의 「우끼는 택배」를 읽고 서로 모르는 글자를 묻곤 했다. 모티, 꼬장, 백지, 거렁지, 각제 등이었다. 어릴 때의 기억을 끄집어내 이렇게 저렇게 추측을 해보고 해설을 내놓았다. "아, 맞다. 그땐 그런 말을 썼제. 근데 이래 글씨로 써 놓으니 와 이래 낯서노." 고개를 끄덕인다. 말로만 하고 실제 글자는 안 써본 우리는 이렇게 쓴다는 사실이 놀랍고 생경했다. 유년 시절의 추억 한자락을 들추며 양껏 즐거워했다.

하지만 그날의 하이라이트는 박분필 님의 「황태와 상투」였다. 한 번으로 다 독해가 되지 않고 몇 번 읽어야 하는 것은 마찬가지였다. 내용은 손님으로 온 사돈 양반을 상다리 휘어지게 거하게 대접하였더니 사돈이 갈증이 나서 자다 깼다. 날씨는 찜 쪄 묵을 정도로 더워 속옷까지 벗어 던지고 우물에 물 마시러 쥐방울처럼 드나들던 사돈이 대청마루에 있는 꼬부장한 등불 고리에 상투가 걸려서 도적놈이 되었다. 도적 잡으러 나온 안사돈은 못 볼 것을 보고 말았다. 악착시리 감춰진 쪼글쪼글한 감자 두 알을. 우리는 이 대목에서 일제히 쓰러졌다. 입안에서 곱씹을수록 상황이 떠올라 배가 아플 정도로 웃고 또 웃었다.

예전에는 사돈이 어렵고도 어려운 존재였다. 그만큼 조심스러웠으니 얼마나 대접이 극진했을지 상상이 되고도 남는다. 우리 엄마만 해도 사돈 앞에선 말 한마디 제대로 못 하고 눈치껏 비위만 맞춘다. 그러나 신세대는 사돈과 목욕탕도 가고 여행도 가고 수시로 밥도 먹는 사이다. 이 시를 읽고 나니 지금의 사돈 관계가 예전보다 좋다고 단언하기 어렵다.

올봄 동아리에서 경주로 문학기행을 갔다. 거창하게 들리겠지만 문학기행을 빙자한 나들이다. 경주는 목월 선생의 고향이다. 건천에 생가가 있고 황성공원과 보문에 시비가 있다. 그날따라 구름이 나지막이 깔려 출발부터 여행의 운치를 더했다. 차 안에서 조용한 가곡을 합창으로 부르고 동요도 불렀다. 우리 중 한 명은 목소리가 고와 독창으로 비목도 뽑았다. 차창 밖으로 스치는 풍경과 고운 음색은 아름다운 하모니를 이루었다. 흐린 날인데도 분위기에 취한 자유로운 영혼들은 마음껏 날아올라 푸른 하늘 아래 펼쳐진 보리밭을 거닐 듯 설렜다. 마음이 맑아졌다.

보문에 도착했을 때는 실비가 내렸다. 비를 맞으며 호수를 걷다 목월시비 앞에 섰다. 「달」이었다. '배꽃 가지 반쯤 가리고 달이 가네'란 문장에서 슬픔이 묻어났다. 비 오는 날의 고즈넉한 호수와 함께 불러 즐거운 가곡과 왠지 알찌근한 아픔을 주는 시구에 나는 흠씬 취했다. 집으로 돌아오고 싶지 않을 정도로.

늘 이렇게 즐겁지만은 않다. 누가 써 온 글을 중심으로 공부할 때는 팽팽한 긴장감이 흐르기도 한다. 제 딴에는 열심히 써 왔는데 문법이 틀렸네, 문장이 기네, 쓸데없는 말이 많네, 지적받을 때면 자존심도 상하고 부끄럽기도 하여 낯빛이 변하기 예사다. 이런 일을 당한 날은 몸속에 숨어있는 가시들이 뾰족하게 일어선다. 그러나 공부가 끝나고 밥을 먹을 때면 뾰족하던 가시는 부드럽게 눕고 남은 가시는 따스하게 건네는 말에 우수수 떨어진다. 가시도 바늘도 없는 몸이 되어 돌아오는 나는 공기 속을 날고 있던 홀씨를 품고 온다.

현관문을 들어서며 하는 첫마디에 오늘 먹은 비타민 효과가 나타난다. "얘들아, 힘들었지. 맛있는 거 해 줄게."

영일만 찬가

영일만의 새벽은 깊다. 먼 대양에서 달려온 물결이 속살거리는 소식에 밤새 귀를 기울여 깊이를 키운 까닭이다. 영국의 시골 마을에서 발가락씨름 대회를 한다, 호주에서는 참치 멀리 던지기 시합을 연다, 남극에서는 새로운 어종이 발견되었다는 둥 호기심을 자극하는 소식을 몸 안으로 쌓고 쌓았다. 많은 지층 속에 원유가 숨어 있듯 물길 깊은 속에 시간에 여문 씨앗들 품고 있지 싶다. 그 씨앗 하나가 씨눈을 틔운 것이 신항만이다.

신항만에는 어수선함 속에 질서가 있다. 순서대로 화물을 옮기는 크레인이 분주하고 옆에는 터를 다듬는 포클레인이 뜨거운 숨을 컥컥댄다. 거기에 길게 난 부두 위로 자동차가 들락거리고 수시로 낚거루 통탕거리며 만을 드나든다. 그뿐이 아니다. 방파제에서 낚시꾼이

던진 낚싯바늘에서는 학꽁치가 올라오고 화물선에서는 컨테이너가 줄줄이 내려온다. 눈과 귀가 제 역할을 하기에는 딱한 사정이다. 하지만 서로 부딪치는 일 없이 일사분란하게 움직인다.

국제 컨테이너 터미널은 이름만큼 넓다. 각 나라에서 들어온 컨테이너는 회사별로 정해진 장소에 들어오는 순서대로 놓여진다. 중국 위에 러시아, 이탈리아 위에 베트남, 이라크 위에 사우디아라비아 주소를 붙인 채 당당하다. 너와 나는 같은 자격으로 한국에 왔으니 기죽을 이유 없다는 듯 모서리 빳빳하게 각을 세우고 실핏줄 같은 도로를 누빌 날을 기다린다. 그 사이로 지게차가 활보하고 있다.

항만은 초기라 화물이 빽빽하지 않다. 컨테이너 사이로 보이는 바다가 시시때때로 마음을 열라고 다지기하듯 너울거린다. 조금 여유가 있는 공간이 있어 설렌다. 그곳에 무엇인가를 채워 넣을 수가 있기에 가슴이 뛰고 머리가 차가워지고 몸이 움직인다. 신항만을 통해 들고 나는 것이 많겠지만 무엇으로 채울지는 우리의 몫이 아닐까. 대양을 향한 꿈을 꾸어야 하는 이유이기도 하다.

꿈이란 날개를 연상시키는 글자이다. 80년 초, 오빠는 중동 건설 현장으로 떠났다. 가족들의 중동행 만류를 그곳도 사람 사는 곳이니 걱정하지 말라고 설득했다. 손에는 토목 관련 자격증 하나가 전부였지만 오늘보다 나은 내일이 될 거란 믿음이 있었기에 낯선 땅에 대한 두려움보다 희망이 컸으리라.

오빠가 도착한 사우디아라비아는 상상 이상의 환경이었다. 물을 실컷 먹을 수 없었고 퍽퍽한 밥을 허기를 면하고자 우겨넣었다. 사십 도를 오르내리는 더운 날에 종일 일하고 돌아오면 달구어진 콘크리트 숙소에서 쪽잠을 잤다. 사막 위로 뜨는 달이 눈을 아리게 하는 날이 많았다. 항상 편지에는 잘 있다는 안부 인사와 환하게 웃는 사진을 동봉했다. 행간에는 조심스럽게 김치가 생각나고 반찬이 입에 맞지 않는다고 살짝 끼워져 있었다. 엄마는 콧물을 치마 끝으로 훔치고 김을 사 왔다. 참기름을 발라 김을 굽는 그날 오후의 마당에는 아린 엄마의 마음이 눅진하게 고였다.

삼 년 만에 돌아온 오빠는 중동에서의 현장 경험을 바탕으로 집을 짓는 일에 뛰어들었다. 동업이었다. 사무적인 일처리는 동업자가 하고 오빠는 벽돌을 쌓고 지붕을 올리는 일에 전념하였다. 손이 거칠어지고 얼굴이 까마중처럼 익어도 하루가 다르게 완성되어 가는 집을 보면서 내일은 나의 날이 될 거란 뿌듯한 마음에 힘든 줄도 몰랐다. 그러나 현실은 녹록지 않았다. 다 지은 집을 팔 수가 없다는 통보에 백방으로 뛰어봤지만 허사였다. 불붙었던 희망이 꺼지면서 절망이 똬리를 틀었다. 그러나 꿈이란 아궁이의 불씨와 같아 바람만 있으면 살아나는지 지금은 평창에서 동계올림픽을 위한 수도 공사에 참여하고 있다. 영일만에 그런 사람이 오빠뿐인 것은 아니다.

구룡포 '근대문화역사거리' 중간쯤에 조선 수리를 하는 곳이 있다. 이제는 팔십을 바라보는 아버지와 중년의 아들이 함께 일하고 있다. 세 평도 못 되는 가게에는 선반기계가 내는 소리에 귀가 먹먹하다.

바닥에는 파이프 몇 개, 무엇이라 불려본 적 없는 쇳덩어리가 뒹굴고 있다. 안쪽에는 어느 낡은 배에서 가져온 어군탐지기가 먼지를 뒤집어쓴 채 물고기 대신 사람을 탐지하고 있다.

아버지의 뿌연 시선은 가게 안이 아니라 밖을 향하고 있을 때가 많다. 가끔은 기계를 놓칠까 불안한 아들에게 퉁을 듣기도 한다. 구름이 낮게 깔리거나 비가 추적거리는 날에는 막걸리 한 사발에 지난날을 들춘다. '그때는 좋았지. 물 반 고기 반이었다니까. 이 근동 전부가 날비린내로 진동했어. 그래서 선술집 젓가락 장단에 날이 밝았다'며 혼잣말처럼 나직히 뱉는다. 큰 소리보다 몇 배는 마음을 흔드는지라 아들은 또 그 소리라고 핀잔 어린 눈길을 준다.

그 아버지 매일 쓸쓸한 꿈을 꾼다. 구룡포 먼 바다에 고래가 보인다는 오월이면 몸이 들썩거려 밤 이슥토록 바닷가를 서성인다. 마음 같아서는 직접 보고 싶은 고래 떼이지만 그의 배는 오래전 누군가의 아랫목을 뜨끈하게 해주는 것으로 수명을 다했다. 그런 날이면 생선을 함지박에 넘치도록 담은 아낙네의 실룩이는 엉덩이가 삼삼하여 깜깜한 가게에서 아들도 모르게 숨겨 놓은 키를 닦고 닦는다. 나는 글렀지만 아들에게 이루어졌으면 하는 간절함이 떨리는 손길에 묻어난다.

가슴에 품은 씨앗의 씨눈을 틔운다는 것은 긴 기다림과 감내해야 할 고통이 있기 마련이다. 기다림이란 흐르는 시간을 찬찬히 엮어 때를 낚는 것이고 고통이란 튼실한 열매를 위한 줄기의 열정 같은 것이다. 대양이 보이는 만에 뿌리를 두고 씨앗을 키운 사람들이 그러하다. 이역만리 중동에서 꿈을 위해 견디고 미미한 일일지라도 세계 올림픽을 위한 일에 보탬이 되고자 하는 오빠와 구룡포 허름한 가게에서 바다로 나갈 날을 꿈꾸는 아버지가 그러하다. 그들의 식지 않는 가슴이 있기에 영일만은 푸르게 부푼다.

컨테이너 터미널의 빈 공간은 모두를 위해 열려 있다. 누구나 내가 살고 있는 이 땅이 전부가 아니란 걸 알기에 바다 건너를 궁금해하고, 기웃대고, 나아가 문을 두드리는 일이 많다. 포항운하의 물길을 따라서 조금씩 키워지는 우리의 꿈이 어디로 향할지는 정해진 바가 없다. 그러나 분명 자라고 있다.

햇덩이가 새벽의 짙은 바다를 찢고 솟는다. 희망의 물결 바다를 붉게 물들이면 영일만의 아침은 기지개를 켜고, 만을 밝힌 빛살은 어부의 등 뒤마저 따뜻하게 감싼다. 내가 몸담고 있는 이곳, 영일만은 잠들 수 없다. 꿈을 꾸는 펄떡이는 가슴들이 있고, 힘든 시련 앞에 무릎 꺾고 싶을 때 어루만져 주는 호미곶 상생의 손이 있기 때문이다. 그 손 삼백예순 날 주머니에 들지 않고 영일만의 푸른 물을 데우며 대기 중이다. 각자의 가슴에서 잉태된 꿈이 직렬로 연결되어 환하게 피어나는 그날을 꿈꾸며. 🌿

우리들의 현주소

여행을 나서기 전에 미리 일기예보를 확인한다. 다 믿지는 않아도 참고해서 먹거리, 옷, 여행 일정을 조정하는 것은 기본이다. 나는 떠나고 싶기는 한데 동행자와 시간 맞추기가 어려울 때면 바람이 심하고 비가 온다는 예보를 들어도 틀릴 때가 많다는 말로 귓등으로 듣는다. 그러다 낭패를 당할 때가 있다. 이번 여행이 심하게 코가 깨진 경우였다.

이십여 년 만에 가는 제주도 여행이었다. 검색 결과 눈이 온다고 되어 있었다. 하지만 들뜬 마음이 커서인지 눈이라는 글자조차 반가웠다. 눈을 보고 비행기도 타고 제주도 구경도 할 수 있으니 환상적일 것이라는 생각에 마냥 설렜다. 비행기 착륙 허가가 나지 않아 제주 상공에서 삼십 분을 선회해도 앞일을 걱정하기보다 나중에 꺼내 볼 추억을 만들 수 있다는 생각에 웃음이 떠나지 않았다. 여행의 설렘은 거기까지였다.

현기증을 안고 도착한 제주는 눈이 섬을 삼키려고 서서히 피치를 올리고 있었다. 한 발자국 내딛는 걸음이 힘에 부쳤다. 간신히 구한 숙소에서 짐을 풀지 못하고 텔레비전 앞에서 아침이 밝았다. 밤사이 육지와 연결된 끈이 모두 끊어지고 우리는 안타까이 펄럭이는 깃발이 되었다. 처음에는 상황을 정확히 받아들이지 못해 허둥거리기만 했다. 시간이 지날수록 갇힌 사람들이 할 수 있는 것은 출구를 찾는 것이었기에 공항으로 밀려들었다. 나도 달려갔다. 공항은 밀려드는 사람들의 소음으로 인해 본래의 기능보다는 각자의 말을 쏟아내는 장소가 되었다. 말과 말이 섞이고 구르면서 말이 귀를 어지럽히는 소리가 되어 넓은 장소를 훑고 다녔다.

그들에게서 공통점을 발견했다. 이 상황이 미칠 것같이 답답한 사람, 천재지변이니 어쩔 수 없다는 사람, 화장실이 급한 사람도 손에는 스마트폰을 쥐고 있었다. 공항 기둥에 설치된 배터리 충전 장소는 일등석이었다. 바닥에 자리를 깔고 있는 모두가 그 자리를 곁눈질하며 쟁취할 기회를 노리고 있었다. 배터리 충전 중에도 전화기는 쉴 수가 없어 벌겋게 열을 냈지만 그 형편을 헤아려줄 여유가 있는 사람은 없었다. 그저 폰에 뜨는 글자가 고물거리는 벌레가 되도록 보고 또 보았다.

항공사에서 나름 규칙을 만들고 대기표를 발행하였다. 표를 받은 사람은 창구 앞을 벗어나 차례가 올 때까지 기다리면 되었으나 그러지 않았다. 자리를 떠나면 이변이 생길까 불안했기 때문이었다. 대신 불안을 없애기 위해 상담원 앞에서 목소리를 높였다. 멀쩡하게 지인과 통화를 끝내고 상담원에게 부당하다며 화를 내다가 다시 통화를 하는 반복이었다. 뒤에 선 사람은 기다리다 지쳐 앞사람 말을 퉁겨내고 더 크게 소리를 높였다. 공항의 북새통은 나아질 기미가 없었다.

줄은 자꾸 길어졌다. 몇 겹으로 구불구불 이어져 잠시 한눈을 팔면 자리를 잃었다. 콩나물시루 같았다. 사람들은 점점 탁해지는 공기에 예민해졌고 좁은 틈을 비집고 지나다니는 사람들 때문에 전화기는 이쪽저쪽, 위아래로 곡예를 했다. 조금이라도 부딪치면 서로를 찌를 듯한 팽팽한 눈길이 허공에서 부딪쳤다. 풀리지 않는 화는 모두에게 쏟아졌고 모두 피해자였다. 밤이 되어도 줄은 줄어들지 않았다.

기다리는 동안 화장실이 세면장이 되었다. 바닥에는 물이 고이기 시작했고 휴지통 주위는 통에 들어가지 못한 휴지들이 젖은 채 널브러져 있었다. 게다가 세면대에는 머리카락이 물풀처럼 흐느적거렸다. 억수로 지저분한데 거울 앞에는 눈이 뻐끔한 사람들이 얼굴을 단장하느라 열심이었다. 청결이란 단어가 있는지도 모르는 것 같았다. 다만 전화기를 잊을까 수시로 액정에 눈을 보낼 뿐이었다. 그 사이로 푸른 옷 아주머니는 들락거리고 손수레에는 흰 자루가 가득했다.

변기에 앉아서 바깥에 귀를 기울여본다. 긴장한 탓에 변비가 되었는지 볼일이 쉬이 끝나지 않았다. 눈치가 보이지만 배가 불편해서 더 이상 참을 수가 없어 끝장을 보려 했다. 전화기를 들고 새로운 소식이 있는지, 참신한 기사가 있는지 검색하고 있는 내 뒤통수를 도끼로 찍어내는 소리가 들렸다.

"니는 뭐 하는 인간이고. 엉? 엄마가 어떤지 궁금하지도 않나. 제주도에 있는 줄 뻔히 알면서 어째 연락 한 번 안 하노."

스마트폰이 없는 세상이라면 무엇을 하고 있을까? 텔레비전 뉴스에 귀를 기울이고 옆에 있는 사람과 이야기를 나누지 않을까. 그리고 공동으로 처한 아픈 상황에 함께 흥분하고 안타까워하면서 서로를 위로하지 않을까. 한바탕 폭풍 같은 시간이 지나면 팍팍한 인생살이 하소연에 추임새를 넣으며 끈끈한 정을 쌓지 않을까, 상상해 본다.

나는 이 순간도 스마트폰을 힐끔거린다.

제비집

　　날이 밝았다. 밤새 후려치던 빗줄기와 괴성을 지르며 창문을 할퀴던 바람도 멎었다. 거리가 엉망이었다. 가로수가 허옇게 밑동을 드러낸 채 길바닥에 널브러져 있고 생으로 찢겨 나간 자리에는 거친 상처가 선명했다. 생명이 있는 것들이 지난밤 살아남고자 얼마나 처절한 몸부림을 쳤는지 알 것 같았다. 아침이 되자마자 밤새 걱정했던 제비집을 보러 나섰다.

　제비집을 본 것은 몇 개월 전이었다. 시장에서 나오다 무심코 위를 보는데 거기에 제비집이 있었다. 복잡한 시장통 상가의 차양 아래였다. 전기를 끌어 쓰느라 낡은 전선이 늘어져 건들거리는 선 위에 태연히 자리잡고 있었다. 자동차 소리 요란한 도시 한복판에 천연덕스레 있는 것이 신기하여 시장을 갈 때마다 혹시 제비가 있나 쳐다보곤 했다. 가끔 제비를 볼 때면 한참이나 서 있었다. 제비가 내 시선은 아랑곳하지 않고 꼿꼿한 폼이 얼마나 당당한지 존경스럽기까지 했다.

뛰다시피 하여 가게 앞에 도착했다. 심호흡을 하고 천천히 위를 보았다. 잠을 자면서도 내내 조바심 냈던 제비집은 없고 받침대만 덩그러니 매달려 있다. 신경이 사방으로 흩어졌다. '어떡해'만 맴돌았다. 천천히 숨을 가다듬자 뒤죽박죽으로 떠오른 말들이 성난 모기떼처럼 달려들었다. 태풍이 온다는 것을 알면서도 아무 대책도 세우지 않더니 무슨 염치로 걱정한 척하느냐, 하다못해 빗속을 뚫고 와 보기라도 했어야지, 손놓고 있다 소중한 것을 잃은 듯 슬퍼하기만 하면 다냐. 다 맞는 말이었다. 내가 편한 대로 행동해 놓고서 애통해하면 속보이는 짓인 것을.

어디 이런 일이 한두 번일까. 오늘은 바쁘다는 이유를 들어 내일로 미룬 일들도 다 나 좋자고 만들어낸 핑계일 뿐이다. 자기 합리화를 위한 속셈이지만 마음과 마음이 부딪쳐 시끌시끌하다. 이럴 때는 엉뚱한 일에 짜증을 내기도 하고 별일 아닌 걸로 아이들을 닦달하곤 한다. 무엇에라도 책임을 전가하고 싶어 안달이 나는 것이다. 지금 이 순간 그놈의 태풍을 원망하듯이.

나는 제비집을 보면서 보물을 숨겨 놓고 몰래 꺼내보는 아이인 양 흐뭇해했다. 미풍만 불어도 끊어질 것 같은 위태한 전깃줄 위에 있지만 정말 떨어질 거라 생각하지 않았다. 언제나 그곳에 있어 보고 싶을 때마다 볼 수 있을 거라고 믿었다. 내가 그토록 제비집에 애착을 가졌던 이유가 무엇일까.

　몇 해 전 친정에 갔을 때였다. 친정은 아직 재래식 화장실을 사용하는 촌집이다. 처마 끝에 제비집이 있었다. 받침대를 받쳤건만 아래에 흙덩이와 제비똥이 떨어져 있다. 하필이면 드나드는 방문 앞에 있어서 머리에 오물이 떨어질까 조심해야 했다. 어머니에게 집을 못 짓게 하지 뭐 하러 그냥 두었느냐, 일일이 치우려면 귀찮지 않으냐, 물었다. 어머니는 내 집에 온 것을 어떻게 쫓아내느냐며 아무 소리 말란다. 내가 어릴 때는 처마 밑에 제비집을 몇 개씩 짓기도 했다. 이제는 시골에서 제비집 구경하기가 쉽지 않다. 시골집도 리모델링이 되고 새로 지어진 집이 많다 보니 낯설어서인지, 집과 함께 사람도 변해서인지 알 수가 없다. 가끔 날아다니는 제비는 보이는데 어디에다 깃을 뉘고 보금자리를 꾸리는지 도통 모르겠다.

　그 밤을 친정에서 잤다. 어머니와 늦게까지 얘기를 나누다 밤이 이슥하여 잠이 들었다. 시골의 아침은 어찌나 빨리 오는지 꿈속을 헤매는데 새소리가 귀를 따갑게 하였다. 이불을 뒤집어쓰고 이리 뒤척 저리 뒤척 용을 써도 소용없었다. 억지로 몸을 일으켜서는 새소리 때문에 잠을 못 자겠다고 당장 새집을 떼어버리라고 투덜거렸다. 어머니는 들은 척 만 척했다. 대꾸 없이 해가 뜬 지 오래니 그만 일어나 밥 먹으라고 했다. 그때는 시끄럽고 성가신 것을 소중히 여기는 것 같아 아리송했다.

　지난날을 되짚으면 어머니 마음을 알 것도 같았다. 어머니는 나를 시집보낸 뒤에 그렇게 허전했다고 여러 번 말했다. 저녁에 마실 갔다오면 불 꺼진 집이 싫어 나가면서 불을 켜둔 것을 깜빡 잊고 불빛이 보이면 내가 왔나 싶었다, 문을 벌컥 열었는데 불빛만 흔들리고 고요하면 자신의 행동이 어이가 없어 허허 웃었다, 스치듯 말한 적이 있었다.

그 딸은 지척에 살면서도 자주 찾지 않았다. 제비집을 잃고서야 어머니의 행동이 이해가 된다. 외출했다 돌아와도 반겨주는 이 없는 적막 같은 집에 제비라도 지저귀니 덜 적적했지 싶다. 때로는 자식들 키울 때 시끌시끌하던 집이 떠올라 가슴이 뜨거웠고, 객지에 있는 자식과 도란도란 얘기하듯 속엣말 하면서 허한 속을 달래기도 했겠지. 가끔은 못난 자식 어설픈 자식에게 잘 지내고 있는지 혼자서 묻고 답하며 눈가가 붉어지기도 했으리라. 보고 싶은 자식들 생각하면서 지저분한 자리를 쓸고 또 쓸었겠지.

생각할수록 오래된 낡은 가구를 보듯 가슴이 저리다. 나는 내 잣대로 어머니를 가늠하고 판단해 놓고서 안다고 생각한 적이 많다. 순전히 내 착각이었다. 삶의 고비를 넘을 때마다 쌓은 생의 철학이 지나온 시간만큼 더 커지고 깊어졌을 텐데. 그 마음자리를 내 기준으로 본다는 자체가 무리였음을 새삼 깨닫는다.

나에게 집은 어머니와 같은 의미이다. 비바람을 막아 주고, 두려움으로부터 보호해주고, 따스함 안에서 살아갈 힘을 얻는다는 공통점 때문이다. 또한 변하지 않고 항상 거기에 있다고 철석같이 믿는 것이다.

하지만 처음부터 잘못된 생각이었다. 무생물인 집이야 그대로겠지만 어머니는 변화하고 점점 소멸되어 간다는 것을 간과하였다. 귀가 어두워지고, 자꾸 잊어버리고, 자주 사람이 그리운 늙은이가 된다는 것에 귀를 막았다. 나를 가렸던 커튼이 열리며 미지의 세계로 성큼 들어선 느낌이다.

태풍이 휩쓸고 간 거리가 새롭게 보인다. 조금 전까지 소중한 것을 잃은 상실감에 참담한 심정이었다. 한발 물러서 주위를 둘러보니 하늘은 더욱 파랗고 비 맞은 잎들은 더욱 싱싱하다. 상처가 생긴 나무에 흠은 남겠지만 새 움이 틀 것이고 아픔을 견뎌낸 만큼 튼튼한 뿌리를 내릴 것이다. 끝없이 받기만 했던 나도 새로운 눈으로 어머니를 바라보겠지. 비록 제비집은 잃었지만 얻은 것이 많은 날이다. 돌아서 오는 발걸음이 무겁지만은 않다. 🌿

조청과 꿀단지

　　이십 년 전의 일이다. 시장 모퉁이에 있
는 가판대에서 조청을 보았다. 가판대를 채우고 있는 잡다한 물건들
중에서 수숫빛 유리병에 먼저 눈길이 갔다. 조청! 참말 그 조청이란
말인가? 왠지 가슴이 콩닥거렸다. 나는 반가운 이를 대하듯 유리병
을 어루만졌다. 딱히 쓸 곳은 없지만 사고 싶었다. 얼마냐고 물으니
값이 제법이었다. 손만 달막이다 끝내는 지갑을 열지 않았다. 돌아서
는 발길이 영 무거웠다.

　나는 지금도 조청을 보면 어린 시절의 하루가 생각난다. 어린 시절
집에서 조청을 고는 날이면 어쩐지 설렜다. 커다란 가마솥에 엿물을
달이느라 아궁이 가득 장작불을 지피곤 했다. 불기운에 달아오른 안
방 장판에 등을 대면 온몸이 금세 노글노글해졌다. 불빛에 아른거리

는 부엌의 뜨거운 김이며 어머니의 머릿수건 아래로 드러난 얼굴에서 보이는 고요한 몰입이 삽화처럼 남아있다.

그날은 어머니가 제일 바빴다. 수시로 솥뚜껑을 열고 손가락을 넣어 따끈한 정도를 확인했다. 온도가 적당치 않다 싶으면 불을 조금 때서 온도를 맞추었다. 해 질 무렵이면 베자루에 담아 건더기를 걸러내고 뭉근한 장작불로 엿물을 고기 시작했다. 동네 개 짖는 소리가 잦아들고 기다리던 아이들도 앉은 채 꾸벅거릴 때, 그제야 엿물은 눅진한 조청이 되었다. 어머니는 그걸 대접에 조금씩 담아 식구들에게 맛을 보였다. 그 맛은 내가 생각하는 쫀득하고 달큼한 맛이 아니었다. 조청은 뜨거울 때 먹으면 제맛을 모르고 오히려 속만 아리다는 걸 알았다.

이튿날, 늦도록 기다리다 잠든 게 억울했던 우리는 조청부터 찾았다. 어머니가 그걸 쉽게 내놓을 리 없었다. 쓸 데가 많다며 감춰 버렸다. 감추면 더 먹고 싶었다. 어른들이 안 계신 틈을 타 집 구석구석을 뒤졌다. 어머니가 평소에 무엇을 잘 숨겨 두는 광이나 장독대를 뒤져서 조청을 찾아내고는 행여 들킬세라 가슴 졸이며 먹었다. 몰래 떠먹는 그 맛이란! 더 먹고 싶은 마음을 꿀떡 삼키고 다시 제자리에 숨겨 놓았다.

조청은 귀한 것이었다. 그 시절 시골 형편이 다 어려웠기에 명절에나 겨우 맛볼 수 있었다. 대개는 설을 앞두고 조청을 고아 강정도 만들고 엿도 만들었다. 식구들을 위한 것이라기보다는 손님 접대용이었다. 할아버지가 계셨기에 명절이면 손님이 많이 왔다. 고모부가 오

시기라도 하면 꽁꽁 숨겨 두었던 맛난 것들이 상 위에 올랐다. 나는 그중 조청 종지에서 눈을 떼기가 어려웠다.

초등학교 1학년 때의 일이었다. 어느 날 이웃에 사는 친구 숙이가 선생님께 꿀을 가져다드린다고 들고 왔다. 조청과 꿀이 같은 줄 알았던 나는 친구가 엄청 부러웠다. 그 귀한 꿀을 갖다주면 숙이는 틀림없이 선생님의 귀여움을 독차지할 것 같았다. 아무것도 드릴 게 없던 나는 샘이 났다. 소문을 내기로 했다. 몇몇 친구에게 그 얘기를 했다. 삽시간에 반 전체에 말이 퍼지고 아이들이 수군거렸다. 눈치가 보였던지 숙이는 가져온 꿀을 그냥 책상 속에 넣어 두었다.

쉬는 시간이었다. 숙이가 없을 때 친구들이 꿀단지를 구경하려고 모여들었다. 꿀단지는 보자기에 싸인 채 책상 서랍에 들어 있었다. 겁도 없이 누군가 그걸 덥석 꺼내 들었다. 뚜껑을 열어보다가 그만 단지를 떨어뜨렸다. '우짜노 우짜노' 하는데 수업 종이 울렸다. 친구들과 나는 깨진 조각을 허둥지둥 보자기에 쌌다. 꿀범벅이 된 바닥을 걸레로 닦고 창문도 열었다. 교실로 돌아온 숙이는 너무 놀랐는지 아무 말도 못 했다.

그날은 공부를 하는 둥 마는 둥 학교가 파했다. 다른 날과 달리 돌아오는 길은 조용했다. 숙이도 나도 발끝만 보고 걸었다. 길가 묘지 옆 빈터에 꿀단지 조각들을 묻었다. 서로 말은 없었지만 비밀이란 걸 눈빛으로 알았다. 꿀단지가 깨어진 게 순전히 내 탓인 것만 같았다. 숙이가 선생님께 꿀을 드린다고 소문낸 것도 나고, 그러면 선생님은 숙이만 예뻐할 거라고 흉을 본 것도 나였다.

나는 겁이 났다. 친구들 앞에서는 태연한 척했지만 내 심장은 시시각각 쪼그라들고 있었다. 친구 엄마한테 야단맞을까 두려움에 떨었고 식구들이 알까 봐 조마조마했다. 누가 내 이름만 불러도 깜짝깜짝 놀랐고 숙이 얼굴 보기가 멋쩍어 피해 다녔다. 그러나 아무 일도 일어나지 않았다. 아마 친구가 부모님께 말하지 않았던가 보다.

숙이가 선생님께 드리려던 것이 꿀이 아니었다면 나는 그토록 샘내지 않았을 것이다. 참기름이나 계란, 그보다 더 귀한 것이었다 해도 심통을 부리지 않았을 것이다. 나는 꿀이 정말 조청과 같은 줄 알았다. 꿀은 먼 나라 것처럼 익숙하지 않았고 꿀이 더 비싸다는 것도 몰랐다.

어린 시절, 나는 조청을 제대로 먹어본 적이 한 번도 없다. 어머니는 뜨거울 때 맛을 보여준 것 외에는 따로 조청을 주지 않았다. 대신 엿밥을 주었다. 엿밥도 달콤하긴 했지만 조청에 대한 허기를 채워주진 못했다. 어머니 몰래 먹었던 조청의 맛은 오래 잊히지 않았고, 그것은 귀한 것인 동시에 먹부림의 흔적처럼 남았다.

이십 년 전에 간혹 보였던 조청을 요즘은 수시로 구할 수 있다. 지금도 조청만 보면 와락 먹고 싶다는 생각이 든다. 하지만 막상 집에 있어도 쉽게 먹을 수가 없다. 꺼내서 병만 만지작거리다 도로 넣어놓기 일쑤다. 가난하던 시절에 조청을 귀히 간수하던 어머니의 마음이 겹치기 때문이다. 앞으로도 조청 앞에서 흔들리는 걸음이 먹먹히 멈출 것이다, 나는. 🫒

피라칸사스처럼

잎들이 떠나고 있다. 내내 붙들고 있던 가지에서 떨어져 바람을 잡고 날아오르거나 신발 밑창에 붙어서 어디론가 옮겨간다. 더러는 자신을 키워준 나무 주위를 이리저리 흩날리다 밑동에 엎드리기도 한다. 자신만의 색깔로 마지막을 마무리한다.

때가 있다는 말이 크게 다가오는 계절이다. 가로수에 몇 남지 않은 잎새에 새삼 마음이 간다. 친구들이 떠난 후에도 머물러 있는 이유가 무엇일까. 어쩌면 연인의 떠난 마음을 귀찮게 하는 질척거림으로 보일 것 같다. 그런 생각에 끌리니 끈적한 미련처럼 보여 잎새를 살짝 흘긴다. 한편으로는 떠날 때가 모두 같을 필요는 없지 않을까 싶기도 하다. 스스로 지금이라고 여기는 순간이 가장 좋을 때가 아닐까.

우리는 흐름의 물결에 휩쓸려 갈 때가 있다. 마치 내 생각이나 존재의 이유는 없는 것처럼 따라간다. 앞서가는 사람이 무엇을 보고 무슨 생각으로 나아가는지 알 틈을 가지지 않는다. 그저 뒤처지지 않으려고 용을 쓸 뿐이다. 그래서 낭패를 보기도 한다.

나는 가끔 다른 사람을 따라서 하다 실패한 적이 있다. 유행이라는 이유로 사들인 옷이다. 내가 가지고 있는 신체적 특징이나 나이, 피부색을 고려하지 않은 탓이다. 이외에도 헤어스타일, 여행, 맛집 등이 있다. 나에게 맞는다는 말을 잊은 선택이었다. 그중에 으뜸은 검색창에 뜨는 맛집 탐방이다. 수많은 리뷰가 맛있다고 하는데 막상 찾아가서 먹었을 때 이건 아니야, 후회한 적이 많다.

내가 그런 행동을 하는 이유를 찾아본다. 남들과 어울려 가려면 같은 그룹에 속해야 한다는 강박에 사로잡힌 것이다. 내가 중심이 아닌 다른 사람의 시선을 의식하고 행동하여 앞서가는 그룹의 끝자리라도 차지하면 잘 살고 있다는 착각을 할 수 있기 때문이다. 또한 혼자 뒤처진다는 것이 무능력으로 비칠까 두렵기도 해서다.

이성의 기능이 오작동을 일으키고 있다. 기억력이 예전 같지 않고 동작이 마음을 따라주지 않음을 느꼈을 때 시작되었다. 오십이 넘으면서 덜거덕거리며 더 심해졌다. 마음이 바빠지고 괜스레 허둥거리며 남을 의식하게 된다. 다른 사람의 생각과 의식에 얹혀간다면 보통은 하리라 믿으며 나를 주장하기보다는 나를 안으로 불러들였다.

제철소를 지나며 울타리인 피라칸사스를 본다. 봄부터 싹을 틔우고 꽃을 피우고 열매를 익히는 시간이 있었다. 그동안 사람들은 그곳에 겨울이면 빨간 열매가 있으리라는 걸 기억하지 않는다. 그저 무심히 지나치는 풍경의 일부였다. 계절마다 눈을 빼앗는 갖가지 꽃들과 열매의 유혹에 넘어가서다. 지금은 나무들이 잎을 떨구어 겨울이라는 여백을 만드는데 홀로 붉다. 근사한 작품으로 다가온다.

지금부터 그의 계절이다. 바람이 차가울수록 마음이 시릴수록 더욱 돋보이는 피라칸사스다. 무채색 고요 속에서 흐트러짐 없는 존재를 붉게 드러내어 시선을 가둔다. 또한 배고픈 새들에게 기꺼운 보시로 사람들의 마음을 슬쩍 당겨오기도 한다. 열매는 겨울의 터널을 지나 봄까지 가지를 붙잡고 있다.

피라칸사스는 저만의 속도로 일 년을 산다. 온갖 꽃들이 앞줄에서 사랑을 받아도 시샘하지 않고 묵묵히 때가 되기를 기다린다. 기온이 널뛰기하듯 오르락내리락해도 서두르지 않고 줏대를 지켜 지긋이 내면을 키운다.

무엇에 쫓기듯 달려가는 나에게 브레이크를 밟는다. 크게 숨을 내쉬고 나에게 맞는 속도를 찾으련다. 쉽지 않겠지만 흉내라도 내야겠다. 그러다 보면 가슴이 원하는 것을 알게 되고 시린 바람 드나드는 마음 구멍을 메울 방법도 찾을 수 있으리라.

산다는 것은 살아내는 일이다. 각자의 앞에 던져진 문제를 풀어가며 답을 찾아가는 과정이기도 하다. 비교하지 말고 자신의 호흡에 맞춰 인생시계를 설계하면 된다. 겨울 길목을 홀로 밝혀 건너가는 저 피라칸사스처럼.

3
날마다 불을 밝힌다

권척

　　창고를 정리하다 권척을 만났다. 얼핏 뭉쳐진 먼짓덩어리가 작은 선반에 올라앉은 것 같았다. 빗자루로 툭툭 털어내니 모양과 색이 드러났다. 가는 철사를 나일론으로 감싼 눈금이 없는 줄자, 바스라질까 조심히 자를 풀어 본다. 먼지를 폴폴 날리며 얼레에 감긴 실처럼 술술 풀린다.

　권척은 아버지의 삶을 상징하는 물건이다. 아버지는 사방공사를 다닐 때 늘 권척을 손에 들고 있었다. 골짜기든 등성이든 장소를 옮겨 다니며 너비를 재고 길이를 재고 높이를 재었다. 막연히 고단했을 거라 짐작만 하였는데, 권척을 보자 헐벗은 등성이를 넘나들며 꾸었을 꿈들이 보이는 듯하다.

　1970년대, 사방사업이 한창이었다. 체구가 작은 아버지에게 몸을 쓰는 일은 중노동이었다. 축대를 쌓기 위한 큰 돌을 목도에서 부리다가 몸이 기우뚱거려 발등을 자주 찧었다. 손수레에서 내린 잔디를 지고 종일 비탈을 오를 때면 다리가 후들거렸다. 여기저기 욱신거리는 상처를 끌어안고 뒤척이는 밤은 고단했다. 삼십대 후반에서 오십대 중반까지, 땀에 절어 삭은 옷이 몇 벌인지, 찢어진 장화가 몇 켤레인지 셀 수도 없다.

아버지는 현장에 가면 도면을 보고 대략의 그림을 머리에 입력했다. 권척을 들고 잔디를 심을 곳과 나무를 심을 곳을 찾아 구획을 나누고 선을 그었다. 울퉁불퉁한 둔덕을 잴 때는 자갈의 크기와 풀잎의 세기에 따라 선이 벗어날까 꼼꼼히 재었다. 일꾼들이 한 일이 반듯하게 선을 이루지 않으면 몇 번이고 다시 했다. 지형과 지물에 따라 오차를 두어야 했지만 원칙을 고집하는 바람에 '깐깐이'라는 별명을 얻었다.

아버지의 잣대는 에누리가 없었다. 모내기, 비료 주기, 추수하기 등을 정해진 날짜에 하지 못하면 가족들을 들볶았다. 큰일에는 이웃들의 품앗이가 필수였다. 미리 약속받은 사람이 다른 일이 생겨서 못 오면 그럴 수는 없다, 새참 시간이 늦어도 한두 번 하는 것이 아닌데 그걸 못 맞춘다고 쓴소리를 하였다. 매사에 세밀한 설계도를 그리듯 정확함을 실천했다. 아버지가 살아내는 방식이었지만, 빈틈을 용납하지 않는 잣대는 마음을 강퍅하게 하여 옆 사람을 지치게 했다.

습관은 쉽게 바뀌지 않았다. 자를 들고 산을 누빈 아버지는 가정이

톱니처럼 아귀가 맞게 돌아가기를 원했다. 논을 사들이고 자식들 공부시키는 일이 자로 재듯 딱딱 맞아떨어지기를 바랐으나 논은 동생 때문에 허사가 되고 자식들은 뛰어나질 못했다. 그 화는 어머니에게 쏟아지곤 했다. 어머니가 소소한 살림을 장만하면 필요성을 논하며 딴지를 걸어 투덕거리기 일쑤였다.

약속이 그렇고, 주고받는 정이 그렇고, 살림살이 마련도 그렇다. 그럴 수 있다고 끄덕여주면 좋았으련만 밑두리콧두리 따져가며 시비를 가리면 마음이 피곤하다. 그러다 보니 어머니의 삶에는 생채기가 숱하게 났다. 상황에 따른 변수를 줄자의 너그러움으로 품었다면 가족의 마음이 덜 팍팍했을 것이다.

아버지는 물려받은 재산이 없었다. 식솔을 거느리려면 일상이 빡빡하게 돌아가야 했다. 늘 쫓기듯 일에 매달리고 자잘한 일에 눈을 주지 않았다. 전력을 다해도 남들과 보폭을 나란히 하기에는 버거웠다. 엄격한 자를 들이대지 않으면 목표점을 쉽게 이탈할까 싶어 더 바투 잡았다. 철저한 계획은 오늘보다 나은 내일을 기약하기 위한 몸부림이었다.

아버지도 매사에 들이대던 척도를 내려놓을 때가 있었다. 장날, 이 마을 저 마을에서 놀러온 친구들과 단골 국밥집에서 걸쭉한 대화를 주고받았다. 인마, 전마 호칭을 부르며 푸진 마음을 나누었다. 그런 자리가 좋아서 못하는 술을 억지로 마셨다. 친구와 만나면 헤어지기 싫어 늦도록 시간을 보내며 좋다는 말을 하고 또 했다. 술자리를 마치면 아버지는 친구들을 밀치고 지갑을 먼저 열었다.

집으로 올 때는 돼지고기 두어 근 들고 초저녁별을 이고 대문을 들어왔다. 집에 와서는 오늘 엄청 기분 좋은 날이라며 술을 더 찾았다. 그러면 어머니는 부엌에 나가 술상을 차려야 했다. 아버지는 애써 차린 술상을 앞에 두고 졸린 눈을 끔뻑거리며 흔들렸다. 잠시 뒤에는 모로 쓰러져 혼자 웅얼거렸다.

"이제 줄자 좀 내려놓고 살아야지."

아버지의 고단함이 우러나는 푸념이었다. 매사에 정확한 삶이 얼마나 타인을 피곤하게 하는지, 또 본인도 힘들다는 것을 아버지는 알았다. 삶이란 오차가 있는 법인데, 어긋나면 각을 들고 삐뚤어진 것을 바로잡으면 되는데, 아버지는 정확을 고집했다. 이는 식솔을 먹여 살려야 하는 아버지만의 방식이었다.

아버지의 전성기가 녹아든 권척을 쓸어본다. 이것은 아버지와 나를 이어주는 끈끈한 줄이다. 가끔 내가 힘든 일이 있으면 잘하고 있다고 무언의 말로 나를 지지해 주고, 허튼짓하면 애정을 담은 따끔한 충고가 있으리라 믿는다. 나는 삶의 방향선이 틀어질 때마다 아버지를 톺아보며 새로 줄을 그으련다.

오늘 권척이 조곤조곤 들려준 얘기가 마음자락 붉게 적신다. 쓰린 속을 술로 씻어내고 저무는 들길을 저벅이며 오는 아버지가 환영처럼 보인다. 아버지 뒤로는 논개구리 왁자한 울음이 물젖은 풍경으로 따라오리라. 그리고 나를 보며 따뜻하게 미소를 짓던 얼굴과 다정한 목소리도.

    권척을 깨끗이 닦아 살포시 상자에 갈무리한다. 권척의 시간은 나와 따로, 또 같이 굽이지며 늘어갈 것이다. 나는 오늘 세상과 사람의 마음을 지혜롭게 재는 척도 하나 품는다. 🫒

규곤시의방

        영양 두들마을에 갔다. 입구에서 보면 앞집 뒤로 뒷집의 지붕이 보이는 지형이다. 골목을 훑고 가는 바람이 가만가만 지나간다. 담장 안은 소란한 것을 멀리한다는 듯 고요가 내려앉은 처마가 푸르게 살아있다. 저절로 발소리를 죽이고 매무시를 단정히 하였다.

  장계향문화체험교육원에서 해설사를 만났다. 그는 장계향이 반가의 여인으로 시가와 친정을 일으킨 서사, 시·서·화에 빼어난 실력, 자녀 교육에 있어 학식보다 착한 행동의 실천을, 어려운 사람을 돕는 데 아낌없는 지원을 한 군자라고 열변을 토했다. 한 가지를 잘하는 것도 쉽지 않은데 다방면에 출중한 능력을 갖췄다니 뛰어난 사람임에 분명했다. 유교적 환경이 선한 영향을 주었겠지만 스스로 노력하고 수양하지 않았다면 가능했을까. 여중군자 장계향의 삶을 들여다 본 시간이었다.

이어진 전시실에는 여러 가지 음식을 모형으로 재현해 놓았다. 다양한 재료로 색과 모양을 내어 정갈한 기품이 있다. 동아누르미, 앵두편법, 빈자법 등 나에게는 이름조차 낯선 것들이 많다. 영양은 내륙 깊숙이 있는 지역인데 해산물과 생선에 대한 요리와 저장법이 있어 깜짝 놀랐다. 그 시절 양반가에서는 언제나 손님을 맞이하고 접대할 수 있도록 만반의 준비를 했구나 싶었다. 요리 체험을 하고 싶었는데 예약을 안 해서 체험할 수가 없었다. 나는 '석류탕'에 끌려서 어떻게 만드는지 궁금해 그 앞에 한참을 머물렀다.

집에 와서 얻어온 책 『규곤시의방』을 펼쳤다. 한글로 적은 책이라는데 제대로 읽을 수가 없다. 부족한 고어 실력으로 띄엄띄엄 읽다가 물리기를 반복했다. 내가 관심 있었던 '석류탕'이라도 제대로 알아보자 마음먹고 다시 펼쳤다. 처음 나오는 생치부터 막혔다. 검색창을 두드리고 사전을 열람하는 데 몇십 분이 걸렸다. 꿩고기라는 것을 알았다. 다음을 읽으려니 또 막혀서 문맥상 맞춰보고 네이버 검색하느라 한두 줄 읽기가 힘겹다. 기름지령, 진가루, 노외다, 백자… 찾을 것이 많아서 한나절은 족히 걸려 겨우 무슨 말인지 이해했다.

대강 정리하면 이런 내용이다. 꿩고기나 닭고기, 두부, 버섯, 잣, 채소를 다지고 양념하여 볶고 밀병전을 만들어 다져놓은 속을 넣어 석류 모양으로 빚는다. 끝 문장에는 한 그릇에 서너 낱씩 넣어 술안주로 쓰라고 되어 있다. 어이가 없어 헛웃음이 났다. 다소곳이 앉아 부끄럼 타는 소녀 같아서 나를 홀린 '석류탕'이 술안주라니 말이다. 해독에 들인 시간이 아까울 지경이었다.

그러나 다시 생각해 보니 그럴 수 있겠다 싶다. 350년 전엔 술맛이 종가집의 평판에 일정 부분을 담당하였으니 술안주인들 소홀히 할 수 있었을까. 정성을 들여 빚은 술과 고운 자태로 눈을 즐겁게 하는 안주로 차린 상을 받은 손님은 극진한 대접을 받았다 믿었으리라. 손님은 돌아가서 그 가문이 반듯한 가문이라 소문을 내는 데 입을 보탰다, 생각된다.

부녀자들이 알아야 할 살림법이란 제목이 썩 어울리는 책이다. 알뜰살뜰 아끼고 부지런을 떠는 것은 좋은 일이다. 거기에 음식으로 가문의 이름이 빛나게 솜씨를 보탠다면 더욱 좋은 일이 아닐까 싶다. 예나 지금이나 음식이 맛있다고 소문이 난 집은 인심이 후하다. 또한 예의를 중하게 여기고 사람을 귀히 대한다. 한 집안이 대를 이어가며 좋은 평판을 유지하는 것에 안사람이 할 수 있는 것은 음식만 한 것이 없지 싶다.

어머니는 음식 잘하기로 소문이 났었다. 종가집이 아닌데도 일가친척들은 무시로 우리 집을 드나들었다. 때로는 몇 달씩 기거하는 사람도 있었다. 넉넉지 않은 살림으로 때마다 상에 올릴 찬을 마련하는 것은 쉽지 않았다. 흠 잡히지 않는 상차림을 하려고 머리를 짜냈다. 생선은 꾸덕하게 말려 놓았다가 쓰고, 각종 채소는 볶거나 쪄서 찬을 만들었다. 봄에 뜯은 나물도 한 자리를 차지했다.

　일 년에 한 번은 마을 어른들을 대접하였다. 그날은 할아버지 생신이다. 며칠 전부터 막걸리 빚고, 메밀묵과 두부 만들고, 식해 만드느라 손을 재게 움직였다. 마침 12월이라 빠지는 사람이 거의 없었다. 아침부터 저녁까지 치마에 불이 붙은 듯 종종거리느라 정작 본인은 밥 먹는 것도 잊었다. 맛있게 먹은 사람들은 다음 날 음식 칭찬 수다방을 열었다.

　나는 어머니와 달리 음식 만드는 데 애정이 없었다. 그저 한 끼 때우는 데 급급한 수준이다. 젊어서는 영양제 같은 알약으로 끼니가 해결되면 얼마나 좋을까 생각한 적이 있다. 무얼 먹을지 고민하는 것이 스트레스였기 때문이다. 그래서 솜씨가 없는 엄마 만나서 맛의 신세계를 경험하지 못한 아이들에게 미안하다.

　지금은 어머니의 음식을 배워 두지 않은 것이 후회된다. 음식은 단순히 먹는 것을 넘어선 가난한 마음에게 위로를 전할 수도 있음을 알았기 때문이다. 어머니가 잘 만들었던 콩을 갈아서 만든 강정, 정과, 막걸리, 조청, 호박버무리가 그립다. 특히 메밀묵 쑤는 법을 배우고 싶은데 그럴 수가 없다. 어머니는 이미 강을 건너서 나의 부름을 듣지 못한다.

　나는 아이들에게 음식 유산을 물려주고 싶다. 내가 없을 때 떠올리기만 해도 슬며시 입꼬리가 올라가는 음식이면 좋겠다. 요리 프로그램을 기웃거리지만 무릎을 칠 만한 것이 없다. 딱 한 가지면 족한데 아직은 없다. 아이들이 살면서 혓바닥을 감싸는 그리움 한 사발로 배를 든든히 채워 거뜬히 일어설 수 있는 음식이. 자꾸만 엄마의 손맛이 삼삼하다. 규곤시의방에서 그럴듯한 힌트를 얻을 수 있도록 열독해야겠다. 🍒

다리, 잇다

여름을 이고 가는 여행이다. 집을 떠나면서 잡다한 생각을 구겨 넣고 문을 잠갔다. 따라오지 못하게 빗장까지 질렀다. 태양이 조각조각 쏟아져 대지를 굽는 열기에 코끝이 후끈해도 짜증이 나지 않는 것은 기분 탓일 거다. 잠시 일상으로부터 비켜서는 홀가분함에 마음이 부푼다.

목적지는 신안 퍼플섬이다. 가고 오는 길이 멀지만 더 늦기 전에 다녀오자는 말에 친구들이 기껍게 찬성했다. 차가 출발하자마자 수다가 폭발했다. 학교 때의 친구라 서로의 친구가 겹치기도 해 이야기의 소재는 풍성했다. 때로는 서로의 수다가 허공에서 얽혀 잠시 멈추기도 했지만 샘이 마르지 않는 것처럼 과거에서 현재를 넘나드는 주인공들의 모습은 흥미진진했다. 간간이 튀어나오는 고향 사투리가 이야기를 더 찰지게 녹여냈다. 이야기의 대상이 들으면 언짢을 수도 있었겠지만 우리는 사는 것이 이 맛이라는 듯 웃으며 씹고 뜯고 맛보고 즐겼다. 그러는 사이 시간은 훌쩍 지나 천사대교에 이르렀다.

천사대교는 압해도와 암태도를 연결하는 다리로 신안군이 천사 개의 섬으로 이루어진 특성을 반영한 이름이다. 입구에서 본 다리는 장관이었다. 다리의 주탑에 연결된 케이블은 은실로 짠 주렴처럼 아른거리고 바다와 하늘 사이로 천천히 달리는 차가 천사 날개를 지날 때는 하늘로 올라가고 있는 듯했다. 파란 물을 잔뜩 머금은 하늘을 콕 찔러보고 싶은 아찔한 설렘이었다.

몇 개의 짧은 다리를 더 지나 퍼플섬에 도착했다. 안좌도, 만월도, 박지도로 연결된 다리는 아기자기한 매력이 있었다. 게다가 보라색 일색인 집과 건물들이 빚어내는 풍경은 신비스러웠다. 보이는 곳마다 포토존이어서 그곳에서 만난 여행팀과 서로 사진을 찍어주며 추억을 쌓았다. 전동차를 타고 반월도를 둘러보는 내내 길가에는 버들마편초가 한들거리며 반겨주었다. 원래는 자생하는 도라지꽃이 많아서 퍼플이었지만 지금은 오래 볼 수 있는 버들마편초로 바꾸었다고 한다.

비탈진 밭에는 고구마와 참깨가 많았다. 참깨를 보며 꺼낸 친구 이야기가 대박 사건이었다. 들어보니 참깨를 받은 사돈이 전화를 해서 '사돈, 방앗간에서 중국산이 섞였다는데 아니지요?' 했더니 '사돈이라서 중국산을 쪼매만 섞었니더' 했단다. 솔직한 사돈 때문에 우리는 기막혀하면서도 숨이 넘어가도록 웃었다. 퍼플교를 걷는 내내 포즈 잡으며 시시한 이야기로 깔깔거렸다. 그러는 동안 서로를 향한 다리는 더 단단해졌다.

다리는 사이를 이어준다. 뭍과 섬, 섬과 섬, 길과 길, 사람과 사람이 서로에게 닿을 수 있게 한다. 이미 열린 길을 거리는 더 가깝게, 마음은 더 두텁게 해주는 역할이다. 다리가 오래도록 튼튼하려면 오가는 이의 마음 자세가 중요하다.

이번 여행은 새 다리를 놓기도 했다. 내 마음에서 신안으로 퍼플섬으로 다리를 놓았다. 많은 다리를 지나며 쌓은 이야기들이 기억 저장고에서 반짝이고 있을 거다. 언제든 꺼내면 2022년 여름과 함께 아련한 시간으로 피어날 것이다. 방송에서 또는 다른 사람의 여행 경험담에서 희미해진 다리가 다시 진해지기도 할 테지만 말이다.

사람과 사람 사이의 다리는 자칫 끊어지기 쉽다. 사소한 실수가 쌓이거나 친하다고 번번이 예의를 무시하면 그 틈으로 의심의 물이 스며든다. 추억으로 이어진 줄에 어느덧 구린내가 날 때면 위험한 순간이다. 재빨리 귀를 세우고 마음을 열어야 한다. 자만에 빠져 눈치코치 모른다면 자기도 모르는 새 다리는 없어지고 만다.

아름다운 다리를 건넌 친구들과의 다리는 더욱 견고해졌다. 묵은 먼지를 털어내고 서로의 마음을 잇는 다리를 덧대고 삐걱대지 않도록 속마음 헤아리기와 배려란 기름칠을 꼼꼼하게 했다. 같이한 세월만큼 우정도 추억도 돈독해지는 너와 나, 우리의 다리가 오래 이어질 것을 믿는다.

친구들, 참깨에 중국산 참깨는 섞으면 안 된다. 그것만 명심하자. 🍒

들꽃밥상

　　봄이 솟아나는 들이 술렁인다. 겨우내 꽉 껴안았던 서로의 손을 놓은 흙 위로 남실바람이 서너 번 쓸어주고 봄비가 다독이니 흙이 포시시 깨어난다. 성급한 두더지 고속도로를 냈는지 발밑이 폭신하다. 덩달아 잠자던 것들이 숨을 들이마시며 기지개를 켜고 있다.

　　밭둑에 푸른빛이 일렁인다. 검불 사이로 여린 싹이 고개를 내밀고 있다. 양지바른 곳에는 봄 글자에 색을 입힌 잎들이 보인다. 냉이와 민들레, 광대나물, 봄까치꽃이 조금씩 영역을 넓히고 있다. 곧 꽃 소식을 전할 낌새다. 이에 질세라 쑥은 일정한 거처도 없이 여기저기 발을 걸친 채 봐 달라고 보채고 있다. 눈 가득 봄을 담으며 애써 웃어 본다.

어머니의 새집은 봄맞이 중이다. 밭 가장자리에서 가운데로 서서히 봄이 옮겨오고 있다. 주무시는 잔디지붕에는 아직 숨결이 미미하다. 하지만 주변을 둘러보면 몇 주 전보다 확연한 변화가 있다. 거친 솔잎에서 윤이 나고 상수리나무와 아까시나무가 물기를 머금은 듯 잎눈이 젖어 있다. 또 나무와 나무 사이를 넘나드는 새소리도 한결 청아하다. 머지않아 밭 전체가 내가 이름을 알고 있는 꽃과 이름을 모르는 꽃, 식탁을 맛 낼 채소로 가득해질 거다.

가족의 역사에서 큰 자리를 차지하는 밭이다. 처음 밭을 장만하고 나누던 부모님의 대화가 생각이 난다. 누구네 밭에는 참깨가 실하고 누구네 밭에는 보리가 잘 여물어서 보기가 좋더라, 우리도 몇 고랑은 고추를 심고 몇 고랑은 콩을 심어야지. 이런저런 이야기를 나누던 눈빛이 잊히지 않는다.

밭농사는 시골에서 현금을 만질 수 있는 유일한 길이었다. 가끔 밥상에 오르는 꽁치 한 토막이 거기서 나왔고 우리의 학비가 거기서 나왔다. 나는 일하기 싫어 툴툴거리는 날도 있었다. 그럴 때마다 옷이며 책값이 어디서 나오느냐며 퉁을 들어야 했다. 하지만 어머니는 꼭 해야 하는 일이 없더라도 하루에 두어 번 밭에 가서 흙을 밟고 잡초 하나라도 찾아내고는 했다. 많은 땀을 쏟으며 밭을 애지중지했다.

그러나 칠십이 넘으면서 밭을 놓았다. 젊어서 큰 수술을 해서인지 나이가 들면서 기력이 급격히 떨어졌다. 자식들도 제 생활을 다졌으니 그만하면 되었다고 우리가 몇 년을 부추긴 결과였다. 밭은 이웃에게 도지를 주었다. 그럼에도 어머니는 자주 밭에 들렀고 밭머리에 한참을 서 있고는 했다. 조금이라도 관리가 허술하다 싶으면 그 밭이 어떤 밭인데 한숨이었다. 늘 밭을 지켜보며 애석한 마음을 품고 살았다.

누구나 마음에서 놓지 못한 것이 있다. 인생의 고비마다 같이한 사람, 한때일망정 찬란히 빛났던 시절, 놓고 싶어도 놓아지지 않는 집착 또는 애달픔이다. 어머니는 자식과 땅이었고 내가 마지막에 놓을 대상은 어머니다.

그 밭에 어머니의 거처가 마련되었다. 나는 인사차 가져온 식혜와 쑥떡을 올린다. 생전에 좋아하던 음식이다. 바쁜 일도 없건만 자주 찾지는 못하고 가끔 찾아와 보고 싶다는 응석만 부리다 돌아간다. 몇 년이 지나도 말소리와 웃음과 야단맞던 일까지 새 거울을 비춘 것처럼 맑다. 오늘은 어머니가 좋아하던 노래 '유정천리', '동백아가씨'를 들려준다. 그 노래를 부를 때 어머니 모습을 떠올리며 가만히 마음을 연다.

여기 앉아 있으니 지나간 일들이 모두 살아 움직인다. 이쪽저쪽에서 허리 구부리고 일하는 식구들과 고춧대를 뽑으며 쌕쌕대는 나도, 소의 투레질 소리도 생생하다. 이 자리쯤 앉아서 새참을 먹을 때 겨드랑이를 지나던 바람과 한 사람 한 사람의 표정이 다가온다. 배경 밖에서 나는 바보처럼 웃으며 추임새를 넣고 있다. 손을 뻗자 아무것도 닿지 않는다. 내 안을 채웠던 뜨거운 것이 흩어지는 허상이었다니 씁쓰름하다.

어머니의 봄은 건조했다. 꽃보다 상추와 오이, 감자를 비롯한 채소를 어여뻐하고 정성을 들였다. 넘어진 것을 일으키고 목마른 것은 물을 주며 수없는 발자국을 남겼다. 식구가 먹는 것 외에는 다 잡초였다. 곁눈질은 모른 채 오로지 새끼들을 위한 직진밖에 몰랐다. 이제는 여기저기 기웃거려 봤으면 한다.

곧 들이 꽃 천지가 될 것이다. 이미 들에는 작은 꽃섬이 생겼고 섬을 이어주는 발들이 흙속에서 부지런히 움직이고 있다. 봄볕이 오래 머무는 곳에는 양지꽃이 방글거리고 그늘이 잦은 곳에는 앙증맞은 냉이꽃이 손을 흔든다. 수줍은 듯 고개 숙인 제비꽃은 드문드문 모여 은근히 힘을 쓰는 모양새다. 들꽃들의 발이 서로 엉키어 큰 꽃섬이 무더기로 피어나고 봄빛이 진달래 개나리가 핀 산자락까지 끌어당기면 들은 온통 꽃으로 성찬이 될 것이다. 이 고운 들꽃밥상을 어머니께 바치고 싶다. 보고픈 마음 그득하게 보태서.

이 봄, 꽃 속에서 웃는 당신을 상상해봅니다.

등대일지

        새벽이 열린다. 바다는 밤새 제 성을 못 이겨 물대가리를 벌린 채 절벽을 베어 물었다 뱉어내고는 했다. 바람 또한 들이치고 몰아치며 탱크 구르는 소리를 내었다. 온몸을 내어주고 등명기의 밝기만 바짝 키웠다.

    내 이름은 독도등대, 이 섬에 살게 된 지 65년이 되었다. 매일 보는 풍경이지만 같은 날은 하루도 없다. 분 단위 시간 단위로 달라진다. 바다와 바람과 하늘의 변화를 읽어내기는 불가능하다 여긴다. 내가 할 수 있는 일은 귀를 기울여 소리를 듣고 섬에 사는 새들과 식물, 곤충, 바다 생물들이 무탈하기를 빌고 청명한 눈으로 길을 인도하는 것이다.

    오늘의 바다는 푸른빛이 찰방거린다. 그저께 입도를 못 하고 회선는 뱃머리에 서서 카메라 셔터를 누르던 할머니가 생각난다. 희끗희끗한 머리칼이 얼굴을 사정없이 때리고 옷자락이 부풀어 찢어지는 소리를 내어도 끝까지 독도를 내려놓지 않았다. 나는 안타까움에 속이 찌르르 했다.

선착장이 시끌시끌하다. 관광객은 이 섬에 발을 딛는 순간 환호성을 지르고 기념사진을 남긴다. 해국, 땅채송화, 술패랭이꽃, 독립문바위, 장군바위를 보면서 어머, 이야 등의 적당한 감탄사로 추임새로 넣는 것도 잊지 않는다. 계절별 식물은 다른 종이겠지만 보고 느끼는 표현은 거기서 거기다. 내 앞에서 웃으며 무슨 이야기를 하는지 알아들을 수가 없다. 그 소리는 웅웅거리며 공중에서 흩어진다.

그들에게 물음표를 던진다. 이곳을 찾아주는 것은 반갑고 고마운일이다. 그러나 걷고, 찍고, 소리 지르느라 시간을 다 소비하는 것이 아깝지 않은지 묻고 싶다. 어렵게 온 것인데 정작 봐야 할 것을 놓치고 있는 것은 아닐까. 어떻게 하면 독도를 조금이라도 더 알 수 있을지 마음에 투영해 보기는 하는지 궁금하다.

독도등대 일일등대장 체험행사가 있다. 여름철 3개월 동안 일반인을 상대로 신청을 받아 1박 2일 머문다. 나로서는 이 체험을 더 추천하고 싶다. 어렵게 섬에 도착해서 여름철 소나기처럼 우르르 훑고 가는 관광객보다 섬을 알 수 있는 여유가 생긴다. 이곳에 상주하는 경비대원과 등대직원들의 식생활을 볼 수 있고 날씨의 변화무쌍함을 체험할 수 있다. 운이 좋다면 되새나 바다가마우지를 볼 수 있다. 그

다음은 나름의 질서가 존재하는 자연의 매력에 푹 빠질 것이다.

섬, 독도는 위험하다. 일본은 전 세계를 상대로 독도 빼앗기 활동을 그물망처럼 촘촘하게 엮고 있다. 몇몇 나라에서 동해를 일본해로 표기하기도 하고 독도를 무인도로 알고 있기도 하다. 일본은 로드맵을 위해 당장이 아니라 장기적이고 지속적인 전략을 세웠다. 나는 독도를 지키다 순직한 경찰관 비석과 한국령이라 새겨진 글자를 보며 날마다 고민한다. 섬을 지키려면 어찌해야 하는지.

실천할 수 있는 것부터 하기로 마음먹는다. 식물이 자라기 어려운 환경이지만 꾸준히 나무를 심고 최대한 살리도록 노력한다, 독도 바로 알리기에 적극 참여한다, 섬 체험할 기회를 늘린다, 멸종 위기나 희귀 생물을 보호한다, 학교에서 교육과정으로 지정한다, 파도에 밀려오는 쓰레기 청소하기다.

괭이갈매기는 일월 중순에 육지나 울릉도에서 이곳에 온다. 처음엔 바다에서 무리를 지어 날아오르고 뒤섞이고 흩어지며 곡예비행을 한다. 무리의 리더가 지휘하여 일사불란하게 움직인다. 이월이 지나면 섬으로 내려앉는다. 그러고는 하늘을 향해 울부짖고 제자리를 빙빙 돌며 고함지르고 날개를 퍼덕이며 켁켁거린다. 여기가 내 영역이라고 저마다의 몸짓으로 온갖 악다구니를 한다.

영역은 왜 중요할까. 괭이갈매기가 외부의 적을 만나면 목숨을 건 투쟁을 하거나 협동작전을 펼친다. 이유는 살아남기 위해서다. 세상의 이치도 마찬가지다. 작게는 내가 숨 쉬고 몸을 누이고 삶을 향해 걸어가는 길에서 필요한 부분이다. 어쩌면 나의 목숨줄과 연결되기도 한다. 더 나아가 나라로 본다면 땅은 나라의 힘이요, 나라의 근원이다. 한 뼘이라도 쉽사리 결정할 일이 아니다.

사람들은 섬의 미래가치에 관심이 많다. 화산섬으로 지질학적 자료의 가치가 있고 한류와 난류의 교차로 어업전진기지 역할로서의 가치도 있다. 무엇보다 해양 심층수, 천연가스 하이드레이트, 미생물 자원, 인광석 등의 가치가 높게 평가되고 있다.

두려움이 스멀거린다. 자원이 있는 것은 분명 좋은 소식이고 기뻐해야 할 일이다. 그런데 일본 해양순시선이 멀리서 점같이 떴다가 사라지는 횟수가 늘어나고 있다는 뉴스가 걸리는 것은 나만의 기우인지 모르겠다. 상어 아가리에 미끼를 던지는 격일까 조심스럽다.

큰 그림은 리더가 설계한다. 내가 나서서 좌지우지할 성질이 아니다. 하지만 어디로 가려고 하는지 목표점이 어디인지 알려서 힘을 모으는 것은 나쁘지 않다. 안용복의 업적에서 보더라도 작은 힘을 소홀히 해서는 안 된다. 구심점이 없이 저마다의 목소리만 키워서는 해결되는 일이 없다. 더군다나 우리 땅 독도를 지키는 일에서는 방향키의 중요성을 아무리 강조해도 지나치지 않다.

펼쳐놨던 생각을 걷어 갈무리한다. 서도로 기우는 해가 마지막 자태를 뽐내며 불덩이를 뿜는다. 왈칵 토하는 뜨거움이 주변을 술렁이게 한다. 저녁을 맞이하는 생명 있는 것들의 움직임이다. 바다도 출렁 몸을 뒤척여 허연 소금물을 길어 올려 흩뿌리며 검푸르게 가라앉는다.

어떤 시간이 기다릴지 예측할 수 없다. 가끔 밤하늘의 별을 보는 날이 있다. 나는 밤마다 '모두 무사히' 주문처럼 읊는다. 섬에 사는 동안 좋은 일만 있었던 것은 아니다. 사람과 동물의 주검을 마주하기도 했고 배가 난파되는 것을 보기도 했다. 바람이 벽체를 휘갈기며 내리찍는 고통을 고스란히 몸에 새겼다. 그렇더라도 독도라는 무대 위에서 하늘과 바람과 바다가 빚어내는 모노드라마 같은 극적인 풍경을 한없이 흠모한다. 섬이 나를 받아들이듯 무엇이 있어서가 아니라 있는 그대로를 품는다. 이곳에 내가 있어 날마다 불을 밝힌다. 그리고,

독도는 언제나 독도다.

바람벽, 잠에 들다

세상의 모든 벽은 안과 밖의 경계선이
다. 경계의 안쪽인 마당이 고요하다. 고요가 모여 이루어낸 풍경은 바
깥의 세계와 달리 너누룩하다. 마치 내가 그림 속으로 들어온 느낌이
다. 빛과 바람과 냄새가 어우러져 있으나 움직임이라고는 찾을 수 없
는 공간. 온갖 잡풀들이 허허로움을 메꾸듯 싱그런 초록색들이 캔버
스 위에서 색을 입히고 있었다. 금세 방문이 열리고 나를 반겨줄 누군
가를 기다린다. 한참을 기다려도 인사가 없다. 벽을 넘은 오월의 햇
살만이 어깨 위에 부서져 내려 쓸쓸히 반겨 주었다.

오랜만에 찾은 집은 묵음으로 나를 맞이한다. 안으로 걸음을 옮기
자 깃털이 떨어져도 움찔 놀랄 것 같은 적막이 부스스 깨어난다. 일부
러 성큼성큼 큰 걸음으로 내딛자 물결처럼 일렁이며 흩어지는 바람의

기운이 속삭인다. 반갑다고. 마당을 돌아 뒤꼍으로 들었다. 허물어진 벽이 커다랗게 다가온다. 딱지가 앉은 상처에 또 다른 생채기가 난 것처럼 매운 물기가 차오른다. 그 앞에서 '그래, 너도 이리 되었구나!' 그 말만 먹먹하게 씹어 삼킨다.

투박한 결을 가만히 쓸어 본다. 순탄하지 않았을 벽의 일생이 고스란히 부딪쳐 온다. 흙이라는 이름을 버리고 벽이라는 이름으로 태어나기까지 지난한 과정이었다. 흙과 흙이 만나 속성을 버리고 뭉쳐지고, 끌어안고, 뭉개어지기를 반복했다. 그런 그에게 안을 지켜야 하는 숙명이 주어졌다.

원시부터 벽은 인간을 위해 존재했다. 드넓은 평원에서 추위와 질병과 짐승으로부터 살아남기 위해 울부짖던 사람들이 가족을 지킬 수 있는 대안이 되었다. 그 후로 벽은 점점 발전하여 적의 침입을 막을 수 있는 견고한 성벽이 되기도 하고, 높게 치솟은 고층 건물의 바람막이가 되기도 했다. 또한 예술이라는 미명 아래 화려하게 치장되어 뭇 사람들의 감탄을 자아내기도 했다.

그러나 벽의 진가는 뚝심이다. 시골집의 벽은 우둘투둘 시원찮은 몸체로 여름 장마와 태풍을 막아내느라 갖은 고생을 했다. 비가 들이치는 탓에 따갑기도 했지만 축축한 젖은 내를 견디는 것은 더 고문이었다. 아랫도리는 끊임없이 젖고 상처로 얼룩지기 일쑤였다. 해를 거듭할수록 더 깊은 상처가 파이고 흘러내리는 벽을 추어올리는 뼈대는 점점 지쳐갔다. 그렇게 견뎌온 지 수십 년이다.

무엇을 지킨다는 것은 조금씩 자신을 내어주는 일이었다. 어머니는 시집올 때 몸종을 데리고 올 정도로 귀한 집에서 자랐다는데 그 흔적을 찾을 수가 없다. 대신 손가락 마디마디 새겨진 굵은 주름만이 도드라졌다. 살면서 눈앞에 닥친 파도를 넘느라 나보다 먼저 챙겨야 할 이들이 있었기 때문이다. 꽃 같은 새색시로 시작하여 꼬부라진 등뼈를 조석으로 달랬던 어머니를 보면서 지킨다는 의미를 배웠다.

벽은 참을성이 대단했다. 동짓달, 섣달 몰아치는 북풍에 수도꼭지가 퍼렇게 질린 날은 정신이 혼미해지기도 했다. 그런 날은 아궁이의 불에 스르르 녹아들었다. 긴긴밤 사정없이 몰아치는 겨울바람을 품기에는 그것으로 부족했다. 서로 의지하자고 깍지를 꼈지만 역부족일 때는 쩌저적 금을 냈다. 미세한 공기나마 들고 나야 무너지지 않을 것을 알았기에 숨통을 연 행동이었다.

긴장만이 있는 삶은 스스로를 황폐하게 했다. 어머니는 시부모를 비롯하여 열 식구 바라지하는 일이 쉽지 않았다. 남편은 가족을 든든히 보호해줄 수 없는 병약한 몸이었다. 일을 해도 해도 나아지지 않는 살림살이에 숨이 턱까지 찼다. 시들시들 말라갔다. 살아내기 위해 이웃 아주머니와 나누는 술 한잔이 출구가 되곤 했다.

살아가는 것은 녹록지 않다. 태어나는 순간부터 내 안에서 자라나고 있는 존재 의미는 자신이 찾아내는 것이다. 생물들은 저마다의 방법으로 먹이를 구하고 적과 경쟁자로부터 자신을 지키는 법을 경험으로 배운다. 그것이 어렵다는 말로 다 설명되는 것은 아니다. 다만 그 과정을 거치는 동안 성숙해진다는 사실만은 분명하다. 나도 그런 시기를 지나고 있다.

결혼이라는 관을 쓰고 나서였다. 결혼 전, 나는 하고 싶은 것 있으면 마음대로 하고 사고 싶으면 쉽게 사면서 비교적 자유롭게 살았다. 그러나 결혼하면서 생각과 행동에는 멈추라는 신호가 많았다. 새로 부여된 아내, 엄마, 며느리 역할이 우선이었기 때문이다. 내가 선택한 것에 후회하며 긴 시간 자신을 들볶았다. 그러다 첫아이가 계단에서 넘어지던 날 정신이 번쩍 들었다. 엄마를 부르며 뻗은 작은 손이 간절했다. 그때 저 아이를 지키고 보호해야 할 사람은 나뿐이라는 걸 알았다.

그날 이후, 나는 식구들을 지키는 일에 열심이었다. 남편이 사고로 다리를 다쳐 입원했을 때는 걱정 어린 표정보다 많이 웃어 주었다. 때론 경제적인 문제에 부닥칠 때도 비난보다는 서로를 다독이며 해결해왔다. 아이들이 사고를 칠 때도 크게 혼내지 않고 그 나이에 그럴 수 있는 일이라 품어주었다. 그런 시간 속에서 '나'는 옅어지고 가족이라는 공동 테두리 안에 묶였다.

벽은 드물게 지켜보는 호사도 누렸다. 주인이 밤늦도록 아궁이에 불을 지피며 조청을 달일 때였다. 때맞춰 불을 조절하고 주걱으로 살살 저어야 하는데 졸다가 망칠까 걱정하는 날이기도 했다. 흐뭇한 마음으로 지켜보며 반사경이 되어 주었다. 벽에 그려지는 그림자를 보며 고단함을 달랬으면 싶었다. 밤이 이슥할수록 반사판에 그려지는 그림은 깊고 그윽하여 고운 자태를 뿜어냈다. 일체의 잡념을 뒤로하고 눈앞의 일에만 몰두하여 빚어내는 분위기는 범종 소리에 모아지는 정갈한 적요였다.

서툰 몸짓으로 삶을 엮어가는 내 모습이 어머니의 눈에는 어떻게 비쳤을까. 조청을 고는 날처럼 어머니의 정성은 늘 한곳을 향해 있었다. 비가 오거나 눈이 와도 자식의 일이 일 순위였다. 자식이 힘들고 고단해 보일 때면 웃는 낯으로 맞았다. 묵묵히 먹을 것을 챙겨주며 등을 토닥여 주었다. 어머니의 삶은 내게 스며들어 긴 여정의 좌표가 되곤 한다.

나는 벽 앞에서 많은 생각이 오고 갔다. 가정이라는 울타리를 지키려면 나를 세우는 것보다 조금씩 버려서 비워져야 한다는 것을 새삼 깨닫는다. 벽이 그림자를 만들어 내 모습을 볼 수 있었던 것처럼 상대를 통해 나의 숨겨진 면을 보게 되는 것이다. 나의 반사된 모습이 남편과 아이들에게 많은 영향을 준다. 언젠가는 떠나야 할 그날까지 내내 새겨야 할 일이다.

빈집의 바람벽은 잠에 들었다. 주인이 병원에서 앓는 몇 년 동안 꼿꼿하더니 서로에게 닿아있던 기운이 끊어진 것을 안 모양이다. 더 이상 지킬 힘도 내어줄 것도 없다 훌훌 털고 떠난 주인처럼 모든 것을 내려놓은 모양새다. 둘은 그렇게 흙으로 돌아가나 보다. 그 위에 얼비치는 얼굴에서 오래도록 눈을 뗄 수가 없다. 두 손으로 지그시 가슴을 누르며 이제는 놓아드리자 마음먹는다. 살포시 안아 본다. 이 집에서 수놓았던 푸른빛 기억이 내 안에서 반들반들한 별로 돋아났다. 🫒

수박

　　　　　　여름철 과일가게에서 많은 자리를 차지
하는 것이 수박이다. 가게 앞을 지나치다 수박을 보면 '그래, 너는 거
기 있어야 돼.' 생각이 절로 든다. 턱하니 한자리를 차지하고 앉은 모
습이 든든한 부모님 같다. 그 옆으로 자두나 복숭아를 거느리고 있어
마치 부모가 자식에게 둘러싸여 으음, 그래 보기 좋아, 흐뭇한 미소
를 짓는 듯하다.

　수박은 여러 가지로 어머니보다 아버지를 닮았다. 우선은 생김새
가 그렇다. 예쁘다 칭찬받는 것도 아니고 색깔이 화려해서 사람들의
시선을 사로잡는 것도 아니다. 그저 수수한 옷을 입고 지그시 지켜보
고 있는 모양새다. 없으면 허전하고 있으면 원래부터 거기가 자리려
니 했다.

내 아버지가 그랬다. 밥 먹을 때 잠잘 때 안 보이면 어디 가셨나 궁금해지고 보이면 그저 있나 보다 했다. 살갑게 인사를 건네지도 않고 그저 할 도리만 했다. 그러나 집안에 큰일이 생기면 꼭 아버지를 찾고 그 뜻을 듣고자 했다.

속을 모르는 것도 아버지와 같다. 가게에서 수박을 고르려면 겉만 봐서는 속이 잘 익었는지 맛이 어떤지 쉽게 알 수가 없다. 선명한 색깔을 보고 꼭지도 살피고 두드려도 보지만 실패할 때가 많다. 예전에는 손님의 곤란한 상황을 헤아려 수박 겉을 세모로 도려내어 맛을 볼 수 있었다. 요즘은 그런 방법을 쓰는 곳이 없으니 더 난감하다. 수박 속은 단맛이 나고 새색시의 수줍은 볼 같아야 하는데 갈라서 속을 맛보기 전에는 알 수가 없다.

아버지의 속은 알 수가 없었다. 사적인 일을 시시콜콜 들어주지도 않고 잔소리를 쏟아 내지도 않았다. 때로는 이놈의 가시나, 이놈의 종내기 하고 퍼렇게 욕을 해도 돌아서면 언제 그랬는 듯 풀어지는 엄마와 달랐다. 아무리 기분이 좋아도 엉기고 안기는 그런 사이가 아니었다. 밥상머리에서 마음에 들지 않는 행동을 하면 큼큼 헛기침으로 대신하고 꼭 해야 할 말이 있으면 그래라, 안 된다 뿐이니 마음에 무엇을 품고 있는지 도무지 알 수가 없었다.

아버지의 속을 조금이나마 알 수 있으려면 몸이 아파야 했다. 흔한 감기보다 의사의 도움이 꼭 필요할 정도다. 그때는 평소에 안 하던 행동을 하고 무뚝뚝하던 말투도 조금 부드러워진다. 엄마에게 맞난 것 해주라는 당부도 하고 생전 안 하던 이마도 짚어본다. 이럴 땐 이름뿐인 아버지에서 피붙이 아버지로 다가온다.

초등학교 입학 전이었다. 허벅지 안쪽에 '말가리'가 섰다. 처음에 조그맣던 것이 점점 커지더니 주먹 하나 크기가 되었다. 주위가 붉게 변하고 열이 나더니 걸음을 걷기 힘들어져 아버지 등에 업혀 동네 무허가 의사에게 갔다. 칼로 째고 시커먼 피와 고름을 짜낸 다음 바늘로 꿰맸다. 마취가 풀리자 상처 부위가 전보다 더 욱신거리며 아팠다.

아버지는 말없이 등을 내밀었다. 엄마라면 몇 번을 물었을 많이 아프냐는 말은 알지도 못한다는 듯이 말이다. 평소에 대화를 거의 하지 않는 서먹한 사이이고 서운하기도 해서 뻗대듯 업혔다. 그런데 투박한 손깍지가 내 엉덩이를 받쳐주는 순간 허술한 빗장이 풀어지듯 마음이 녹았다. 뭐랄까, 아주 근사한 햇살 이불을 덮은 포근함이었다.

나는 업힌 채 잠이 들었다. 집에 와서도 아버지는 내가 깰까 조심히 내려놓고 한동안 옆에 있어 주었다. 며칠 동안은 나에게 상처 안부도 물어주고 관심을 가져 주었다. 아버지의 심장이 빨간 하트라는 것을 실감한 순간이었다.

수박을 가르면 까만 씨가 박혀 있다. 습한 장마를 만나고 여름 뙤약볕도 만나지만 수박은 힘들다는 내색을 않고 묵묵히 크기를 키운다. 그러는 동안 고비마다 속이 까맣게 탔나 보다. 또 그렇게 안으로 안으로만 품은 덕에 그토록 그윽한 단맛이 나는 것이다.

아버지의 등이 따스했던 이유도 알 것 같다. 때마다 돌아오는 아이들 육성회비며 갚아야 하는 빚, 집안 대소사 등 가난한 집의 가장이 감당하기엔 버거운 것이 많았다. 게다가 자식들의 안부도 꿰고 있어야 했다. 무거운 짐이 하나씩 얹힐 때마다 가슴에 검은 멍울을 만들었지 싶다. 그 멍울이 한데 모여 은근한 열을 내었지 않을까.

돌아가신 지 40년이 지난 지금 남은 기억은 몇 안 된다. 심하게 야단치던 모습, 엄마와 말다툼하던 모습, 병석에 누워 계시던 모습은 다 희미해졌다. 하지만 아버지 등에 업혔던 날, 그날의 가슴 저린 따스함은 더 또렷해진다. 어버이날, 제삿날 무슨 날만 되면 그날의 기억이 되살아나 아릿하고 알싸하게 코끝이 찡해진다.

버릴 것이 없는 수박, 껍질은 주로 수박지로 만들어 먹는다. 고추장에 깊숙이 박아 넣어 맛이 배기를 기다리는 시간이 있어 더욱 깊은 맛이 난다. 수박 속처럼 한순간에 먹어치우는 것이 아니다. 또 일 년 열두 달 먹는 것도 아니다. 옛 맛이 생각날 때면 찾게 되는 음식이다.

그 맛을 아는 사람은 가끔 담가서 지난날의 한때가 옷깃을 잡으면 밥상에 올린다. 시장 가다 생각나고 목욕 가다 생각나고 된장찌개 끓이다가 생각나는 어머니와 달리 아버지는 잊을 만하면 생각난다. 드문드문 올라오는 수박지와 같은 해묵은 맛이다. 세상에 어떤 과일이 이보다 더 아버지를 닮을 수 있을까. 🌰

장사도, 이정표를 읽다

남해는 아기자기한 매력이 있는 곳이었다. 해안도로를 달리면 옥색 주단을 주르륵 펼쳐 놓고 무심히 툭, 찍어 놓은 듯한 섬들이 있어 보는 재미를 더한다. 통영에 닿을 때까지 따라온 풍경에 마음이 녹녹했다. 섬에서 있음 직한 일을 상상해 보았다. 갯바위에 앉아 부서져도 자꾸만 달려오는 파도를 다독이며 아침을 맞이하고 저녁을 맞이하는 부부의 얼굴에는 무엇이 담겨 있을까. 수시로 들락거리는 배, 그 위를 유유히 기웃거리는 갈매기, 연결된 다리 아래로 흐르는 물결, 점점이 떠 있는 섬들이 그림이 되어 펼쳐졌다. 목적지는 장사도였다.

통영유람선터미널에 도착했다. 다행히 주차장이 넓어 주차하는 데 어려움이 없고 주차료도 싸서 안심이 되었다. 터미널을 구경하는 것부터 장사도를 읽는 시작점이었다. 유람선터미널 1층에는 건어물 가게가 있어 멸치, 오징어, 다시마, 미역, 생선이 있고 2층에는 매표소가 있고 3층에는 식당이 있었다. 2층 매표소에서 표를 사려는데 안내원이 배를 타려면 신분증이 필요하다고 했다. 신분증! 깜빡 잊었다. 당황스러운 상황도 잠시 신분증 대신 무인민원서류발급기에서 발급한 등본으로 대체했다. 여객선은 성수기에는 시간마다 운행이 된다고 했다. 왕복승차권과 섬 입장료를 냈다. 기다리는 동안 3층에서 점심으로 물회를 먹었다. 부드럽게 술술 넘어가는 순한 맛이었다. 포항에서 먹는 물회와 맛이 달랐다. 아마도 들어가는 생선이 다른 것 같았다.

여객선이 출발하자 안내 방송이 나왔다. 안전을 위해 지켜야 할 규칙과 뱃멀미에 대응하는 법을 알려 주었다. 그리고 장사도 가는 길에 보이는 섬이나 바위에 대해 설명을 해주었다. 저 섬은 무인도이고 저 섬은 언제까지 사람이 살았고, 저 섬에는 학교가 있어 학생들이 통학선을 이용하기도 한다는 둥 멀리 보이는 바위 이름까지 알려주었다. 이야기를 들으며 여객선 2층에서 바라본 바다는 상상의 전설을 더한 탓인지 한층 신비한 색으로 다가왔다.

장사도에 도착하니 영어로 쓴 까멜리아가 반겨주었다. '별에서 온 그대' 광고판도 큼직하다. 유람선에서 안내받은 대로 화장실을 들르고 배를 타는 장소를 기억한 다음 섬 일주를 시작했다. 바로 오르막길이 있어 조금 힘들어도 길옆으로 핀 수국을 보며 천천히 걸으니 금세 중앙광장에 다다랐다.

이정표를 따라 주욱 걸었다. 박물관에 가면 관람코스가 있듯이 친절하게 섬을 골고루 살펴볼 수 있게 길을 안내했다. 장사도 폐교 분재원을 들렀다. 1968년 개교해서 1981년 폐교되었다는 안내문에 한때는 80여 명의 주민이 살았던 섬이라고 쓰여있다. 이 섬에서 마음껏 뛰어다니며 웃고, 고사리손으로 갯바위를 오르내렸을 아이들이 백지 위에서 뛰어다녔다. 그들이 섬에서 누렸을 평온한 일상이 어쩌다 세월 속에 사라졌는지 잠시 아릿함에 젖었다. 교실 안은 들여다볼 수 없었지만 운동장이었던 곳에 자리한 분재는 제각각 멋을 뽐내고 있다. 느긋하게 둘러보는 분재원은 지나친 간섭보다는 조금 손길을 더해 자연스러움을 높여 섬을 가꾸는 사람의 정성과 사랑이 묻어났다. 주변으로 오래된 나무들이 얼기설기 뻗은 가지를 렌즈에 담는다면 영화에 쓰일 법도 하다. 운동장이었던 분재원에는 옛 추억을 불러일으키는 말뚝박기와 줄넘기, 강아지 조각상이 있어 마치 아이들이 뛰놀고 있는 듯한 착각이 들었다. 구실잣나무 가지가 걸터앉기 알맞게 안으로 뻗어 있어 아이를 나무에 앉혀 두고 사진을 찍는 부모도 있었다. 해맑은 아이의 얼굴 위로 느른한 햇살이 머물렀다. 티없이 맑았던 어린 시절이 몽글몽글 피어났다. 언제나 마음속에 꽃무늬로 남아있는 시간들이 활짝 열리며 따스한 기운이 잘박거렸다.

식물의 이름표를 살펴보기도 하고 장사도의 나무와 꽃이 어우러진 자연경관을 보면서 걷는 길은 소소한 감동을 주었다. 크고 작은 나무들이 산책길 주변에서 그늘을 만들어 주기도 하고 새소리도 들려준다. 걷다 보면 바다가 보이는 곳곳에는 전망대를 설치해 각각의 장소에서 볼 수 있는 최고의 바다를 보여준다. 게다가 독특한 조형물을 설치하여 관광객의 흥미를 돋우고 SNS를 활용하는 사람들이 좋아할 포토존을 만들어 놓았다. 섬을 예쁘게 가꾼 사람은 어떻게 하면 장사도의 아름다움을 다 보여줄지 고심해서 선택한 장소이리라. 푸른 보석으로 빚은 듯 햇빛에 드러나는 한려수도의 풍경은 감탄사 외에 표현할 길이 없다. 길은 계속 오르막 내리막 번갈아 가며 오밀조밀 연결되어 있다. 이름도 예쁜 무지개다리를 건너고 전망대에서 남들처럼 기념사진을 남겼다.

동백터널이 코앞이다. 보고 싶었던 터라 가슴이 두근댔다. 섬 절벽 쪽으로 몇 개의 계단을 내려가니 동백의 가지가 서로를 향해 손을 뻗어 잡고 있다. 붉은 꽃 터널이다. 섬 어디에서도 바다가 보였는데 이곳은 나무가 촘촘해서 아무것도 보이지 않았다. 마치 서로에게 집중하라는 듯이. 여름이라 꽃은 볼 수 없으나 눈으로 익혀 온 배경들이 저절로 떠올랐다. 짙은 녹색 위에 빨갛게 핀 꽃은 선명함을 넘어 서늘한, 이별 앞에 굳건한 결기를 머금은 것 같기도 하다. 어쩌면 삶을 향해 불사르는 열정 같기도 하다. 아름답다는 말 한마디로 다 표현할 수 없는 무엇이 속수무책으로 스며들었다. 그 길에는 사진보다 눈으로 마음으로 새기는 기억이 더 오래가지 싶었다.

비탈길을 더 내려가니 섬아기집이 있다. 실제 장사도 주민 집이라고 한다. 물질하러 갔던 어머니와 아버지가 돌아오는 조각상이 있다. 마루에는 요강이 있고 아이를 안고 있는 엄마 조각상도 있다. 그런데 엄마가 안고 있는 아이는 아무리 봐도 내가 생각하는 아이 얼굴이 아니었다. 무슨 말인가 싶겠지만 입이 부리처럼 보였다. 무슨 마음으로 이런 조각상을 만들었는지 모를 일이다. 아이는 기다림에 지쳐서 입이 닷 발이나 나왔다는 것일까. 다만 잔잔하게 흘러나오는 섬집아기 노래는 울컥 눈물이 맺히게 했다. 아이를 키우면서 나도 그 동요를 가장 많이 불러줬다. 섬그늘에 굴 따러 가면 아기는 혼자 남아~. 상상만으로도 아이의 기다림이 아팠다. 엄마 아빠가 열심히 일을 해야 한다는 사실을 알고, 해가 져야 돌아온다는 사실도 알면서 매시간 매초마다 돌아올 부모를 기다렸을 아이의 시간은 얼마나 더디게 흘렀을까. 서로를 향했을 마음이 짐작되어 사랑의 크기를 말하는 것은 세상을 모르는 풋내 나는 치기이지 싶었다.

비탈을 올라온 길 건너에는 야외공연장이 있었다. 섬 일주를 하는 것이 장사도 관광인지라 나무들이 시야를 가리는 경우가 있었지만 야외공연장은 하늘과 바다와 바람과 사람을 다 들여놓은 공간이었다. 층계 꼭대기에 서면 푸른 바다가 안겨 오고 바람이 먼 데서 불어와 장사도를 휘돌아 다시 나가는 것이 보였다. 그리고 압도적인 비주얼로 눈길을 끄는 김정명 작가의 12인 머리상이 있다. 작가는 생각은 우리의 머릿속으로 들어와 새로운 생각으로 탄생하고 그 모든 것에 한계가 없다고 말한다. 내 머리는 쉬지 않고 오만 가지 생각을 스쳐보내고 받아들이는 것이 사실이다. 머리상을 손으로 만져보고 가만히 기대어 작가가 표현하고자 하는 의미를 가늠하며 나를 돌아보았다. 고요히 가라앉힌 마음으로 눈을 감았다. 때로는 웅장하게 때로는 잔잔한 봄바람같이 부드럽게 흐르는 음표가 마음을 울리고 귀를 열게 했다. 마치 천상의 아리아가 들리는 것 같았다.

야외공연장 옆으로 조금 내려가면 교회가 있었다. 이 섬에서 유일하게 조용한 공간이다. 잡생각 따위는 끼어들 틈이 없는 경건하고 아담한 장소다. 교회를 다니지 않는 사람이라도 조용히 앉아있으면 멀리서 들려오는 파도 소리에 마음이 움직여 기도하게 되지 싶다. 남편과 나란히 앉아 감사의 마음을 올렸다. 그동안 수없이 스쳐 지나갔던 종소리가 마음 안으로 들어왔다.

조금 걸어서 식물원에 들렀다. 다양한 종의 꽃과 식물이 있었다. 식물에 대한 상식이 부속한 나는 하나씩 눈을 맞춘다고 다 알 수가 없었다. 다만 섬에서 자랄 낯설고 새로운 종의 식물을 키우기 위해 주인은 각고의 노력을 했으리라 짐작되었다. 식물원 주위에 미술회화관이 있었다. 옻칠회화 전문가 김성수의 작품이 많았다. 그림을 보면서 감탄이 절로 났다. '비상' 앞에서 오래 머물렀다. 옻칠이라는 말이 생소하지만 생각해보면 오랜 세월 우리 곁을 지킨 것이다. 예전에는 가구며 그릇에 옻칠을 하기도 했다. 신문물에 치여 뒤로 밀려났지만 옻의 우수성이 최근 새롭게 조명되고 있다. 거기에 회화라는 미술을 추가했다는 것이 자랑스러웠다.

쉬고 싶어 누비하우스를 찾았다. 섬 정상에 있다. 마실 것과 간단한 먹거리를 먹을 수 있었다. 꼭대기에 자리를 잡은 탓에 사방으로 뷰가 정말 좋다. 창가에 앉아 느긋하게 차 한잔 마시면서 한려수도를 눈에 담아본다. 옥빛의 물결이 너울거리고 저 멀리 무엇이 있는지 모르지만 보이는 풍경 안에서 잔잔한 감동을 새겼다. 누비하우스 앞에는 누에 조각상이 있다. 장사도라는 이름이 누에를 닮았다는 설도 있어서다. 아무렴 어떤가. 여기에 섬이 있어 이곳에 오는 이들이 많아 남해의 아름다움을 널리 알릴 수 있고, 찾아와서 행복했다면 그것으로 된 것이 아닐까.

마지막으로 연리지 앞에 섰다. 동백나무와 생달나무 뿌리가 얽혀서 한 나무로 자라고 있다. 사랑이란 너와 내가 만나 하나가 되는 것이지만 한쪽이 희생하는 것이 아니라 서로를 껴안아 같이 성장하는 것임을 보여주는 나무다. '별에서 온 그대'에서 도민준과 천송이가 이 나무 아래에서 슬픈 언약을 하였다. 영원히 함께하자고. 사랑도 영원도 단어의 음절은 짧지만 그 말의 울림은 오래도록 여운이 남는다.

돌아오는 유람선 위에서 장사도를 바라보았다. 섬은 아름다운 풍경으로 서 있었다. 나는 장사도는 사랑을 품은 섬이라 생각했다. 연인 간의 영원한 사랑을 약속하는 연리지, 마음을 다스리고 이웃에 감사하는 교회, 간절한 열망을 담은 동백터널, 부모의 가없는 사랑을 되새기는 섬아기집, 자연이 주는 풍경을 바라보며 새겨야 할 자연사랑, 나를 사랑할 수 있는 힘을 주는 야외공연장 등 모두가 밑바탕에 사랑이 깔려 있다. 이 세상에 사랑만이 영원하다는 듯, 아름답다는 듯 곳곳에 사랑을 심고 배치했다.

사람과 사람 사이를 이어주는 관계와 인생이란 길에서 만나는 끝없는 시험 속에서 우리가 기댈 곳은 어디일까. 섬은 바람 속에서 깊어지고 나는 질문 속에서 답을 찾으려 했다. 유람선터미널에서 산 멸치를 씹으며 생각에 빠졌다. 푸른 바다를 몸에 새긴 멸치, 곳곳의 여정이 녹아들어 짭쪼름한 맛에 이어 쌉싸래한 단맛이 났다.

장사도는 삶이고 사랑이다. 일상에 지쳤다면 잠시 걸음을 멈추고 장사도의 이정표를 읽어봄이 어떨까. 🍒

조선문고리

문고리가 꺼끌하다. 잡은 손끝에 서늘한 차가움이 묻어난다. 삐죽이 솟은 냉기가 전신을 관통하여 전율 같은 떨림으로 다가온다. 이 문을 뻔질나게 드나들었던 이들은 다 떠났지만 문고리는 붙박이로 남았다. 바람에 울고 햇살에 바래고 들이치는 비에 젖으며 더께가 앉았다. 한때는 온기 있는 손길에 반질거렸다. 복닥거렸던 그 언저리를 걸어 본다.

문 안의 세상이 전부였던 시절이었다. 지지고 볶아도 그 안에선 내 편 네 편이 없고 한편이었다. 무릎이 까지거나 싸움질을 하고서 이곳으로 달려왔다. 배가 고파서도 달려왔다. 그럴 때마다 신발이 나동그라지든 말든 문고리 잡고 덜컥 열어젖혔다. 안에는 늘 김이 나는 밥상이 기다렸다. 좀 전까지 아픔과 억울함에 소용돌이치던 기운은 눅지고 달그락거리는 수저 소리가 섞여 두레상이 따스했다.

문 안에는 두루 보듬어 주는 품이 있었다. 나는 새 옷을 입고 싶어 일부러 옷에 구멍을 내고, 군것질이 하고 싶어 억지 책값을 얻어냈다. 들킬까 봐 얼굴 마주치지 않는 구석자리를 찾았다. 발각되는 날에는 이마를 쥐어박히고 엉덩이에 불이 났다. 때론 밖으로 쫓겨난 적도 있었다. 내 잘못으로 혼이 났지만 짜증이 나고 화가 나서 엄한 반발심을 키우고는 했다. 그런 밤이면 어머니가 다음 장날에는 콩 몇 말을 팔아야겠다며 내 이불을 당겨 주곤 했다.

나는 호기심이 많았다. 차츰 문밖의 세계를 기웃거리며 걸음을 넓혔다. 바람결에 퍼져나가는 파문처럼 시작점에서 더 멀리 가고자 희망의 길을 나섰다. 하나의 문을 닫음과 동시에 다음 문을 열었다. 이번이 마지막이라고 주문처럼 외웠으나 결핍만 보였다. 지나온 문에서 아픔과 곡절을 많이 겪을수록 다음 문, 다음 문을 열고자 하는 열망에 사로잡혔다. 설마 내 인생이 이렇기만 할까 싶어 복권을 긁듯 겁 없이 열었다. 그만하고 싶을 때쯤 허기처럼 그리운 얼굴들이 어룽거렸다. 돌아오는 문을 떠올리면 언제나 문고리가 환했다.

조선문고리는 둥근 모양에서 알 수 있듯 우주를 본떴다고 한다. 우주란 낱말은 무한하다는 말을 품었다. 문고리에 담은 우주는 한 가정을 지켜나갈 수 있는 자애로운 사랑을 담았으리라. 내가 찾는 문고리는 상처와 고통, 분노와 용서 따위 온갖 감정들을 담아 고요하게 가라앉혔다. 잣대를 들이댈 수 없는 깊이와 넓이 앞에서 숙연해진다.

어머니의 문은 늘 밖으로 열려 있었다. 자식들이 멀어지는 거리만 큰 눈빛을 돋우어 비춰주었다. 어두운 길에서 길을 잃을까 싶어 그림자가 따라오듯 어머니의 말이 자식들을 따라다녔다. 지성으로 빌어주는 말들은 귀로 들어와 가슴을 적시고는 하였다. 그러나 녹록지 않은 삶 앞에서는 뾰족한 창이 어머니를 향했다. 어머니는 말로 주는 상처를 무심한 듯 받아내며 밥은 먹었느냐, 물어볼 뿐이었다.

고향에는 대장간이 있었다. 대장간 옆에는 연당이 있어 마침맞은 자리였다. 작은 마을이라 규모가 그리 크지는 않았으나 메질 소리가 끊이지 않았다. 사람들의 발길도 끊이지 않았다. 지나는 길에 슬몃 훔쳐보면 깡 깡 쇳소리가 귓전을 때리고 마찰에 튄 불씨가 날아다녔다. 바닥에는 쓸모를 다한 쇠붙이가 어질러져 있었다. 조용한 날에 먼발치에서 지켜보면 씨이익 푸욱, 풀무질 소리가 나고 불이 이글거렸다. 쇠붙이를 불 속에 넣어서 벌겋게 달면 모루에 올려놓고 메질을 했다. 불에 달궈 메질하여 물에 식히기를 반복한 끝에 물건이 만들어졌다. 신선한 구경거리였다.

쇠, 날이 선 냉기가 먼저 치고 나온다. 아마도 희푸르게 벼려진 날 때문이리라. 칼날, 도끼날, 작두날 따위는 쉬이 다가오지 못하게 하는 금줄이 쳐진 것 같다. 그러나 마음을 다스리듯 연장을 어르고 달래면 손에 익는다. 익숙해져 온전히 내 것이란 낙관을 찍는 순간 벼린 날카로움이 수굿해진다. 그제야 사람은 정을 주고 철은 담금질로 가둬둔 열을 품어내 서로를 향한 길이 열린다. 끈끈한 관계로 발전하는 첫걸음이다.

친구 집에 대문이 생겼을 때였다. 틈만 나면 드나들던 집에 선뜻 들어가지 못했다. 내 키를 넘는 문에 달린 큼직한 고리가 낯설었다. 기둥 사이로 눈을 바짝 들이대고 안의 동정을 살폈다. 혹 친구가 마당에 있나 살피다 돌아서기를 몇 번이었다. 숙제 때문에 친구를 꼭 만나야 했다. 대문 앞에서 문고리를 덜걱이며 이름을 불렀다. 잠그지 않았으니까 열고 들어오라는 말에 문을 열었더니 귀를 울리는 거친 소리가 났다. 귀를 막고 문을 열었다 닫았다 서너 번 더 해보았다. 길이 났는지 다음부터는 문고리를 잡고 놀기도 했다.

문을 열려면 문고리를 당기거나 밀어야 한다. 때로는 용기가 필요하다. 어머니를 떠났다 돌아올 때 잡는 문고리는 어릴 적 쫓겨나 문앞에서 달막거렸던 날과는 차원이 다르다. 마음 밑바닥에 고이는 먹먹함과도 마주해야 하기 때문이다. 눈앞의 문을 열기만 하면 못난 마음 다 받아줄 이가 있기에 쉬이 열 수가 없다. 그 안에는 애먼 자식을 기다리는 어머니의 등이 휘어진 채 에움길을 건너고 있을 테니까.

내 창이 밖으로만 열려 있을 때 세상을 향한 어머니의 문은 조금씩 작아졌다. 자식들의 홀로서기가 가능해지자 관심사는 마음 안을 향했다. 지나온 길 돌아보는 시간이 길어지더니 작은 문으로 들이던 새 빛을 거부하기 시작했다. 이제 늘그막에 귀까지 말썽이다. 사람과의 소통에 어려움을 느끼자 외출을 줄이시더니 만남 자체를 꺼려한다. 자식들이 못 알아듣고 두어 번 더 물으면 됐다시며 자리를 피한다. 부끄러움 반 서글픔 반이 뒤섞인 얼굴로 텔레비전에 눈을 고정한다.

나는 무엇이든 품어주던 가슴이 그리워 돌아오는 문고리를 찾지만 어머니는 급한 듯이 문을 닫고 있다. 이렇듯 엇갈리게 흐르는 마음길이 애달프다.

문고리는 늘 가까이 있어 쇠라는 것을 의식하지 못한다. 수저처럼 익숙한 일상의 물건 중 하나일 뿐이다. 지나온 삶을 돌아보면 먹고사는 중요한 일에 한몸처럼 움직였던 농기구보다 문고리가 눈에 밟힌다. 살다 보면 육체의 고단함과 정신의 소모가 어금지금하다. 몸은 휴식으로 달랠 수 있지만 허허롭고 고적한 마음은 부릴 데가 없다. 그때마다 고향 집 문고리를 당기고 어머니, 부르면 맺힌 속이 풀어질 것 같다. 문고리가 생명 유지에 직접 기여한 바가 없는데도 가슴 한 편을 차지하는 이유가 아닐까 싶다.

바람이 부는 날은 문고리가 운다. 방황하는 영혼들을 불러 모아 활짝 잡아당기라는 듯 잘게 떤다. 너의 상처를 보듬어 주마, 메시지를 담은 채. 하늘과 땅의 기운을 담고 대장장이의 마음까지 보태 궁굴려진 동그란 고리는 작아서 더 소중하다. 그것은 내게 쇠북처럼 깊은 여음을 준다.

숨을 고르고 살짝이 문고리를 당겨 본다. 다섯 남매 손길이 수도 없이 닿았던 시간이 떠올랐다 스러진다. 머지않아 쓰임을 다하고 산화하여 붉은 쇳물을 끌어안아 형체를 지우겠지. 다시 태어나면 시각적 멋짐을 추구하는 모두의 구조물도 좋겠지만 지금처럼 누군가의 시린 마음을 덥혀주는 물건도 선택지에 올려두렴, 가만히 다독여준다.

퍼즐 맞추기

인생은 퍼즐 맞추기다. 누구나 태어나면
서 채워지지 않은 퍼즐 하나를 선물 받는다. 그 조각은 하나도 같은
것이 없다. 삶의 파편들은 저마다 다른 모양과 다른 색깔로 만들어진
다. 퍼즐은 살면서 하나씩 맞춰나간다. 자신이 설계한 것이 이루어질
때마다 조각이 맞물려 무늬를 만든다. 하루하루가 모여 인생이 되듯
주어진 시간을 살아낸 흔적이 온갖 모양의 퍼즐로 빼곡히 채워진다.

에어컨을 설치하러 왔다. 열 시에 시작한 일이 세 시가 되어 끝났
다. 무려 다섯 시간이나 걸렸다. 기사들이 해 놓은 일은 에어컨을 거
실에 하나 안방에 하나 달아 놓은 것이 전부다. 내 눈으로 다 지켜보
고도 시간이 나를 속이는 것 같다. 결과물만 평가하는 것은 평가받는
입장에선 가혹하다는 말이 맞나 보다.

그들을 지켜보는 내내 나는 시간 속을 헤맸다. 눈앞에는 그들 외에 한 사람이 더 있다. 작은 체구로 땀을 뻘뻘 흘리며 긴 호스에 테이프를 감고 벽에 구멍을 뚫느라 웅크린 자세가 힘에 겨워 보인다. 혼자서 부산하게 움직여도 일이 더뎌 주인에게 채근도 듣는 익숙한 얼굴이다. 기사들 너머로 보이는 그 얼굴 때문에 마음이 아려 명치가 묵지근하다.

그는 내 오빠다. 학교를 졸업하고 작은 방직공장에 취직했다. 월급이 제때 나오지도 않고 여름에는 땀띠에 시달렸다. 얼굴이 누렇게 뜨던 어느 날엔가 심한 몸살을 앓았다. 그 후 회사를 그만두고 전자제품 수리 기술을 배워 자격증을 땄다.

오빠는 희망이라는 퍼즐 맞추기를 시작했다. 삼십 년 전만 해도 시장 어귀나 동네 입구에 전파사를 비롯한 가전제품 판매점들이 있었다. 오빠도 가게를 냈다. 겉모습이 번듯하지 않아도 그럭저럭 가족의 생계는 이을 수 있었다. 때로는 지나다니는 사람의 쉼터가 되기도 하고 온갖 소식을 먼저 전해들을 수 있는 사랑방 노릇도 했다.

90년대 들어서면서 시장이 변하기 시작했다. 대형 전자제품 매장이 목 좋은 곳에 생겼다. 허름한 가게는 자꾸 골목 안으로안으로 밀려났다. 가게가 살아날 길을 찾았지만 날이 갈수록 막막했다. 그러다 마지막에는 에어컨 설치, 전자제품 중고 매장으로 바꾸었다. 그것으로 간신히 식구들을 먹여 살렸다. 그러자 여기저기서 그만두라는 말들이 많았다.

사람들은 남에게 훈수 두기를 좋아한다. 나도 그랬다. 그것만 붙들고 있으면 어쩌느냐, 다른 것을 찾아봐야지, 가만히 있으면 누가 찾아 주느냐며 말을 쏟아 냈다. 물론 대놓고 한 말은 아니지만 오빠의 잘못으로 몰아붙였다. 그런 가족의 마음을 읽었는지 그는 자신감을 잃었고 말수가 줄었다. 한숨이 늘고 술이 늘었다.

그의 마지막은 우리에게 푸른 멍울을 남겼다. 얼굴에 흙빛이 감돌고 배가 불러오자 병원에 갔다. 간경화였다. 놀란 가족은 사실을 받아들이지 못하고 의사를 의심하여 다른 병원을 찾았다. 거기서도 같은 병명이 나오고 벌써 말기라 간 이식밖에 없다는 처방이 내렸다. 어떡해야 하나. 수술을 결정하기도 쉽지 않고 그대로 두지도 못하는 캄캄한 상황이었다. 속만 태우는 동안 입원과 퇴원을 반복했다. 오빠는 아무런 요구도 하지 않았다. 말을 못 하게 되었을 때도 병상에서 눈만 끔벅였다. 그렇게 조용히 견디다 급하게 인생이란 퍼즐 맞추기를 끝냈다.

주검을 앞에 두고야 조금이나마 오빠를 이해할 수 있었다. 그도 어떻게든 살아갈 방법을 찾아야 한다는 걸 알았다. 하지만 미적거리기만 한 것은 앞으로 일어날 결과에 대한 두려움이 더 컸기 때문이리라. 사람마다 고통을 감내할 수 있는 마음의 깊이가 다르듯 새로운 것에 도전하고자 하는 열정 또한 크기가 다르다는 것을 몰랐다. 나는 가슴을 에는 회한만 가득했다.

한 줄기에서 뻗어 나와 같이 자라온 세월이 적지 않다. 코흘리개 어린 시절부터 사춘기를 거쳐 오십에 이르기까지 많은 날을 함께했다. 그를 속속들이 안다고 할 수는 없지만 그의 마음을 짐작하기에는 부족하지 않은 시간이었다. 지나온 시간을 거슬러 보니 즐겁고 기뻤던 기억보다 그가 힘들었던 일들과 병상에 누워있던 모습이 더 많은 자리를 차지했다. 특히 영안실에서 보았던 모습, 옷 속에 감추어진 볼록한 배가 잊히지 않는다.

단풍이 아름다운 것은 한 가지 색과 한 가지 모양이 아니기 때문이다. 가까이서 잎을 보면 벌레 먹고 얼룩져 있다. 심지어 시들어 거무스름한 것도 있다. 하지만 아무도 그것을 흠잡지 않는다. 그저 너도 힘겨운 시간을 견뎌냈구나. 애썼다. 가만히 어루만져준다.

오빠와 같이한 시간들은 분명 내 퍼즐의 한 부분이다. 내 퍼즐판 어디에서 어떤 모양으로 자리를 잡을지 지금은 알 수 없다. 하지만 누구의 퍼즐이라도 배경이 되는 부분과 돋을새김으로 빛나는 부분으로 맞추어 간다. 오빠의 삶이 칙칙하게 시들었지만 그 속에도 환하게 웃었던 날들이 있었다. 날이 가고 계절이 바뀌면서 수없이 그의 모습을 불러와 되새김하는 과정을 거쳐 내 퍼즐판 위에서 당당하게 거듭났으면 좋겠다.

삶이란 기억의 조각들로 이어진다. 매일의 일이 낱낱이 뇌의 주름에 새겨진다고 해도 살릴 수 있는 날들은 반짝 빛이 났던 날, 슬펐던 날, 상처받은 날들이 중심이 된다. 그렇게 만들어진 주름은 내가 인생종착역에 닿았을 때 파노라마처럼 펼쳐진다.

현재 나는 퍼즐의 얼마를 완성했을까. 어떤 색, 어떤 모양으로 만들어지고 있는지 돌아본다. 오빠처럼 갑자기 마지막 퍼즐을 반죽덩어리로 이겨 넣고 싶지는 않다. 작은 조각 여러 개로 오밀조밀 이야기를 품은 퍼즐 맞추기를 꿈꾼다. 그래서 보는 사람의 마음이 따스해지기를.

땀으로 얼룩진 기사들의 등 위로 무거운 에어컨을 업어 올리는 오빠가 겹쳐 보인다. 헉헉대는 뒷모습도 아른거린다. 오빠의 힘듦을 간과하고 밑두리콧두리 참견만 한 내가 부끄럽다. 오늘에야 알았다. 남의 퍼즐 맞추기에 간섭한 것은 오지랖이 넓어 참 배려를 모르는 일이었다. 그러나 오빠와 나는 서로의 퍼즐판에 있다. 앞으로도 내 퍼즐 맞추기는 계속될 것이고 조각들은 이리저리 궁굴려지면서 무늬를 맞춰나갈 것이다. 🍒

삼릉숲을 거닐며

삼릉숲은 이야기를 품고 있다. 산새와 짐승에게 곁을 내주었고 씨앗이 터를 잡아 생명을 키울 수 있도록 자리를 내주었다. 가고 오는 시간의 흐름을 품어 그늘을 찾아드는 영혼을 보듬었고 천재지변 앞에 무너지는 인간의 나약한 마음을 붙들었다. 숲은 오래전부터 숲에서 태어나고 자란 것들의 내력을 적막으로 가두었다.

무덤 위로 고요가 내려앉았다. 아달라왕, 신덕왕, 경명왕의 신세를 말해주듯 아담한 몸집이 봉긋하게 엎드렸다. 아달라왕의 실록을 떠올리니 먹먹하다. 왕비의 배신으로 죽임을 당하고 자식마저 몰살을 당한다. 배신이라는 글자에 꽂혀서 바람 소리마저 숨죽인 아득한 세계로 발을 들인다.

나는 늘 신라 왕자들의 행선지가 궁금했다. 왕이 된 용들은 지상의 임무를 마치고 하늘로 올랐다. 그렇다면 용이 되지 못한 왕자들은 어디에 있을까? 태어난 순간부터 신분의 무게는 굴레였고 왕좌는 독버섯처럼 붉게 유혹했다. 서열 2위는 서로를 겨눈 칼날이 크고 작은 문제를 일으켰다. 내 것을 지키려는 자와 빼앗으려는 자 모두에게 삶은 녹록지 않았다.

그들의 흔적을 여기서 찾고 싶은 마음에 숲을 찾았다. 나무 사이를 천천히 거닐며 천년을 거슬러 역사를 되짚어본다. 어느 순간 나만이 이 공간에 머무는 듯 나무만 보인다. 걸음을 멈춘 채 경건한 마음으로 숨겨진 진실을 보여 달라 손을 모았다. 천천히 고개를 들어 숲 머리를 올려다보았다. 꿈틀거리는 형상이 아른거렸다. 자세히 보니 이룡이 몸을 비틀며 하늘을 유영하고 있다. 그 몸통은 꼿꼿하게 일어선 비늘이 위엄있는 자태로 고고한 빛을 냈다. 황홀한 용트림이다.

왕자들이 숨은 곳이 여기인가. 들이쉰 숨을 뱉으며 흥분을 가라앉힌다. 옥좌에서 멀어진 왕자는 명이 다하면 이 땅을 떠나야 했지만 쉬이 발이 떨어지지 않았으리라. 이인자의 삶은 진저리가 났지만 이루지 못한 것에 대한 미련은 쉽게 끊어낼 수 없었을 것이다. 또한 신라의 흥망성쇠가 늘 걱정이었을 테니까. 감시의 눈길에서 벗어난 숲에 자리를 잡고 부처님의 불법에 기대어 날마다 게송을 하고 가피를 바랐을 테지. 그 마음을 발에 모아 뿌리를 깊게 내린 모양이다.

나무들이 허투루 보이지 않는다. 이곳이 이룡이 살 수 있는 환경이 되었는지 살펴본다. 일일이 눈맞춤을 하며 능 주위를 오른쪽, 왼쪽 번갈아 돌았다. 작은 다리 아래로 배동 골짜기에서 쏟아지는 물길이 있고, 능 주위와 나무 사이로 작은 도랑도 여럿이다. 물기를 빨아들인 나무의 수피에 연녹색 이끼가 자욱하다. 무엇보다 나무들의 우렁찬 몸매가 증명해준다.

풍경에 마음을 실어본다. 이룡이 뿜은 입김이 안개를 만들고 안개비에 몸을 적시며 이룡은 너울너울 숲을 거닌다. 사진에서 느꼈던 몽환적인 숲이다. 안개는 이룡의 활동을 가려주는 연막장치 같다. 목욕과 산책을 하고, 활기차게 솟구치는 놀이를 보이고 싶지 않았나 보다. 숲의 숨겨진 모습에서 현재를 읽어 본다.

권력의 중심을 좇는 이가 많다. 중심을 향한 열정은 판도라의 상자를 열고 싶은 본능이 아닐까. 곁에서 볼 때는 찬란한 자리다. 사람들은 빛나는 무엇이 있을 것이라 믿고 달려든다. 그 자리가 소통보다는 불통과 가깝고 자유 의지보다는 시류에 휩쓸려 목적하는 바를 잃어버리는 경우가 많다는 걸 알지 못한다.

왕자들은 역사의 중심에 있었다. 그들을 중심으로 불나비처럼 모여든 욕망의 덩어리와 벗어날 수 없는 선로를 달렸다. 끝을 알아도 선택할 수 있는 선택지는 별로 없었다. 조분왕의 아들 '석우로' 역시 운명을 비켜 갈 수 없었다. 태자였지만 왕좌를 물려받지 못했고 장수로, 재상으로, 왕을 받들었다. 충성을 다한 그가 술자리에서 흘린 객기 같은 농담 한마디로 왜장에게 화형을 당했다. 석우로 같은 왕자들이 얼마나 많았을까.

상처뿐인 영혼이 기댈 곳은 영산인 남산이었다. 분노의 불덩이가 마음의 벽을 갉아먹는 아픔에 소리를 질렀고 그 소리를 들은 부처는 반야심경을 들려주었다. 그렇게 천년 동안 신라의 번영과 쇠락, 삶과 죽음을 지켜보며 마음이 가벼워졌지 싶다. 세상일은 중심이 결정하는 것처럼 보이지만 오히려 주변부에 의해 결정될 때가 많다는 것도 알았을 테지. 그와 더불어 서로에게 기대어 살아온 왕자들은 이제 승천을 거부하고 있는지도 모른다. 아무리 찾아도 용의 발톱이 보이지 않으니 지상에서 누리는 소소한 재미에 푹 빠진 것이 아닐까.

나는 중심에 선다는 의미를 모르고 자랐다. 눈 뜨면 마주치는 이웃들이 순했으며 담을 넘는 정이 넘쳤으므로 결핍을 몰랐다. 사춘기를 보내며 반짝이는 존재에 대해 알게 되었다. 친구는 공부뿐만 아니라 운동도 잘했다. 거기에 예쁘기도 했다. 친구들이 몰렸고 선생님의 예쁨을 독차지했다. 어린 마음에 공부만이라도 앞서고 싶어 용을 썼지만 이인자가 넘을 수 없는 벽이 있다는 것을 알았다. 지금도 간간이 누군가에게 모아지는 빛줄기는 부러움의 대상이 된다. 그때의 풋내 나는 마음이 설익은 채로 남아있기 때문이다.

숲에는 갖가지 사연들이 흐르고 있다. 숲이 열어준 길을 걸으며 내면의 소리에 집중할 수 있는 시간을 가져 본다. 생각은 새떼처럼 모였다 흩어지기를 반복하여 한곳으로 모아졌다. 나는 능력 밖의 것을 향해 끝없이 뻗어나가는 촉수에 휘둘리는 자신을 발견한다. 또한 나를 빛나게 하는 것이 큰 것이 아니고 작은 것에 몰입하여 감동을 느낄 때라는 것을 깨닫는다.

삼릉숲은 마음을 흘려보내 초저녁별처럼 청량한 물길을 열어 주었다. 내가 떠나면 숲은 속을 숨기고 다시 묵언에 들 것이다. 그리고 계절마다 다른 새들이 길고도 깊은 울음으로 이 공간을 채울 것이다. 숲머리에 햇살이 흩어지며 서쪽에서 온 바람자락이 골짜기의 비밀을 끌고 간다. 진정으로 왕자들을 만나고 싶다면 숲에 들어 눈을 감고 귀 열기를 권한다.

서악을 누비다

4
햇살이 바다를 건너
들을 건너와
발밑에 눕다

곡선을 찍고 다시

댓잎이 사그락거린다. 여린 바람에 대나무가 구불구불 몸을 흔들며 고요를 털어낸다. 적막에 들었던 시간을 깨워 일제히 허리를 구부려 나를 끌어당긴다. 발보다 귀가 먼저 닿는다. 대와 대 사이를 지나는 바람에 몸을 맡기고 가만히 서 있으면 맑은 기운이 마음을 무겁게 누르던 기운을 조금씩 밀어낸다. 내쉬는 숨이 텁텁하지 않다.

대숲을 뒤로하고 걸음을 뗀다. 사박사박 소리를 달고 흙길을 걸으며 옛 생각에 젖는다. 몇백 년 전 우암과 다산이 걸었을 길, 유배지에서 복잡했을 마음을 짐작해보는 '사색의 길'에서 잠시 그들의 생각을 엿보려 한다. 걸음마다 발뒤축에서 분가루 같은 먼지가 날린다. 마치 뿌옇게 산란하는 안개처럼 자신들의 앞날을 스스로 결정할 수 없는 암담한 현실을 보는 듯하다. 길을 걸으며 갑갑하고 답답한 날에 한숨을 얹기도 하고 새로 깨달은 학문을 정리하기도 했으리라. 길이란 때로 어디로 향하는 목적보다 길 위에서 만나는 사람과 자유롭게 드나드는 생각을 펼치고 나름의 이론으로 정립하기 좋은 장소다.

'사색의 길'을 내려와 다리를 건너 장기 유배문화체험촌 안내판 앞에 섰다. 유배는 조선시대 관리들에게 흔한 의식 치레였다, 때가 되면 다시 신분이 복원되는. 그들의 유배과정과 이야기가 궁금하여 장기를 찾았다. 어디부터 볼지 대충 정하고 나서 형벌 체험장에 갔다. 포졸이 소를 잡고 함거를 끌고 가는 모습과 태형 기구, 행차칼이 준비되어 있다. 나는 행차칼을 쓰고 잠시 있었더니 목덜미가 섬뜩해 무섬증이 일었다. 함거에 앉아보니 편평하지 않은 바닥에 앉아 덜거덕거리며 오느라 엉덩이에 피멍이 들었을 모습이 상상되었다. 한양에서 영남대로인 남태령, 안성, 충주, 문경, 상주, 함창, 의흥, 신령, 영천, 경주, 장기를 9일 반 동안 걸어서 도착하는 그 길에 아득하고 쓸쓸하고 원망하는 마음을 흩뿌리며 왔을 것이다. 어떤 이야기가 그들을 이곳으로 오게 했을까.

먼저 105인 기록 이야기 벽으로 갔다. 다산과 우암은 워낙 유명인이고 알려진 것들이 많으니 뒤로 미루고 어떤 인물들이 왔는지 기록을 읽어 나갔다. 이름도 들어본 적 없는 사람들 사이로 몇몇 아는 이름이 보인다. 박팽년과 관련 인물, 이시애의 난 관련 가족, 남이 역모 사건 관련, 이인좌의 난 관련 인물들이다. 조선시대는 역모가 가장 무거운 형벌을 받았음을 다시 확인한다. 무엇보다 놀랐던 것은 여인들도 왔다는 것이었다. 생각해보면 연좌제가 있어 부인과 며느리도 당연히 있었을 터인데 한 번도 깊이 생각해 본 적이 없다. 아마도 드라마에서 유배 생활을 보여줄 때 주로 남자가 나왔던 영향이지 싶다. 보이는 것만 보는 것이 얼마나 단편적인 사고를 확립하는지 경계해야 할 일이다.

이름 석 자도 없는 그녀들이 눈에 밟혔다. 누구의 처, 누구의 첩, 누구의 며느리로 기록된 그들의 삶이 어땠을지 나는 짐작조차 어렵다. 주로 여자는 관노로 일한다고 들었는데 곱게 자라 양반가에 시집을 가서 궂은일 하지 않고 아랫것들 단속하고 부리는 일에 익숙했던 이들이 어떻게 견뎠을까. 관청의 관리나 포졸들, 마을 양반들이 탐욕에 눈이 멀어 희롱하거나 인간의 선을 넘었으면 그들은 자아를 포기했을 것이다. 참담한 심정이 오롯이 새겨진다.

해가 뜨는 것이 반갑지 않은 이들이었다. 끝없이 흔들리는 삶의 끈을 간당간당 붙잡고 견디어 냈다. 밥은 오로지 목숨 연명이라는 원론에 충실할 뿐이었을 게다. 허깨비 같은 몸을 붙들고 날을 채우고 새날을 맞는 것은 이미 생명의 신성함이 사라졌다. 자유 의지로 아무것도 할 수 없는 자신의 처지를 참아내려면 티끌 같은 상념도 깡그리 비워야 했다. 생각과 의식, 슬픔과 분노와 억울함까지 속속들이 비워낸 자리에는 떠돌던 바람이 들어와 저 대신 웅웅 울다 가게 두었으리라.

유배지의 생활도 차별이 있었다. 우암이나 다산은 정치의 소용돌이에서 잠시 밀려난 경우로 덕망 있고 학문이 높은 선비였기에 존중받았다. 사람들은 배움을 청하기도 했다. 그래서 이곳 사람들에게 학문, 예술, 문화, 풍속 등을 가르치기도 했다. 유배지에 끼치는 긍정적인 효과 중 하나였다. 하지만 홀로 끼니를 챙기거나 관청에 가서 일하는 죄수들의 생활은 궁핍하기 그지없었다. 그에 반해 농민들의 생활은 다산의 '장기농가'에서 보듯 '늙은 할멈 쑥대머리 밤에야 빗질하고 일찍 누운 첨지를 발로 차 일으키며 풍로에 불 지피고 물레도 고치라' 닦달하며 투덕거리는 일상이다. 그 평범한 일상이 멀기만 한 죄인들은 먼바다를 보며 가슴을 달랬다.

많은 밤 시퍼런 불이 불면을 지켰다. 밤은 사색의 문을 열어두어 사념이 걷잡을 수 없는 속도로 달려가고 달려온다. 지푸라기에 불을 붙이듯 작은 꼬투리에 뼈대를 세우고 살을 입히고 무너뜨리고 다시 세우고, 과거의 어느 날을 당겨오고 밀어내느라 생각의 방에는 밤새 불이 켜져 있다. 나무들이 모조리 깨어나 방을 둘러싸고 뭇별들이 조용히 지켜보는 가운데서 각자의 서사는 덧대어졌다.

하루도 허투루 저물지 않았다. 달라지는 내일을 꿈꾸며 하루를 채운 그들이었다. 날마다 보는 바다에 상념과 사유를 펼쳤다 오므리기를 반복하며 내 안의 넓이를 키우고 마음키를 성장시켰다. 어떤 날은 좋은 소식 들려올까, 반가운 이 찾아올까 바다에 연서를 쓰고, 하소연을 적고, 쓸쓸함과 덧없음을 써서 하얗게 다가오는 파도에게 실어

보내기도 했으리라. 기다림의 시간을 펼쳐놓고 캄캄한 절망을 건너고자 하는 노력은 짐작조차 불가능하다.

되돌아보는 지난날은 누구나 아쉬움의 연속이다. 가진 것 없는 사람에게 한기는 몸을 더듬고 들어와 씁쓸한 맛을 보탠다. 그때 내가 이렇게 했더라면, 그렇게 하지 않았다면 좋았을 것. 부질없는 후회와 되새기는 시간은 비애와 고뇌를 번갈아 버무려선 매콤하게 심장을 찔렀을 테다. 다시 되돌린들 상황과 사람과 이념이 서로 아귀를 맞추어 돌아가는 데 뾰족한 수가 없을 것이다.

인생은 직선만 있는 것이 아니다. 주요 분기점마다 찍힌 점들이 오르락내리락 곡선을 그리다 바닥을 찍기도 한다. 분명한 것은 바닥이 있어 배우는 것들이 있다. 진정한 타인의 입장이 되어볼 수 있고 자신을 객관적인 시각으로 볼 수 있게 된다. 또한 삶과 사람을 대하는 자세에서 딱딱한 잣대가 아니라 알파라는 미지수를 더할 줄 아는 넉넉함이 자란다. 걸어오면서 겪은 온갖 감정을 꿰매 우툴두툴한 곡선으로 만들어진 무늬는 저마다의 자리에서 가치를 드러내기 마련이다. 자신의 부족함보다 남 탓을 더 많이 하고, 내 것을 내어주기보다 다른 것을 더 움켜쥐려 했던 내가 부끄럽다.

그들의 삶에서 유배 생활은 어떤 영향을 주었을까? 마냥 억울하고 화나는 시간만은 아니었지 싶다. 조용히 사색하면서 학문을 탐구하고 인간사 근본 문제를 들여다볼 수 있는 기회이기도 했겠지. 이 땅의 선비이자 학자의 신분으로 해야 할 일을 다시 정립하는 계기가 되지 않았을까. 복직된 사람들은 예전과는 다른 삶을 살았을 것이다. 기존의 사상이나 가치관을 다양한 각도에서 해석하여 내가 중심인 세상보다 같이 어우러지는 삶을 꿈꾸었으리라 믿는다.

햇살이 바다를 건너고 들을 건너와 발밑에 눕는다. 세상이 갖가지 사건들로 떠들썩하더라도 내 중심은 언제나 사람이 먼저이기를. 빛의 따스함에 마음이 물든다. 🍒

나도 모르는 사이에

　　　　　자리돔은 대방어를 잡기 위한 미끼로 쓰인다. 방어가 특히 좋아하는 먹이이기 때문이다. 바늘을 살아 있는 자리돔의 배에 꽂아 물속에 넣으면 자리돔은 해류를 타고 활발히 움직인다. 방어를 잡기 위한 눈속임이다. 어부들은 그것으로 방어를 불러들이지 못하면 잡아놓은 자리돔을 양동이에 담아 바다에 흩뿌린다. 그러면 식탐이 많은 방어가 떼를 지어 이동하는 자리돔을 쫓아 죽을 자리로 들어온다.

　물고기는 작을수록 무리를 지어 이동한다. 아마도 종을 보존하기 위한 계책인 듯싶다. 바다에는 덩치가 크거나 사납게 생겨서 먹는 양이 무시무시한 물고기들이 많다. 일대일로 만나면 백전백패니 여럿이 힘을 합하면 생존율이 높아질 것을 알고 있는 행동이다. 이동하면서 죽임을 당한 물고기는 미끼가 된 상황이다. 누구라고 정해져 있지 않지만 선택됐고 동료를 살린 셈이다. 내 몸을 위한 것이 아닌 다른 몸을 살찌운 행동이다.

사람살이에서도 종종 그런 일이 일어나곤 한다. 하루를 살아내기 위해 허기진 배를 움켜쥐고 발버둥칠 때 가족이라는 울타리를 지키려 누군가는 자신의 결을 지운다. 누구보다 여리지만 따스한 마음을 품은 이가 그리해야 할 것 같은 환경을 받아들였다. 부지런히 일해서 모은 대가를 자신보다 남을 위해 사용했다. 자신을 둘러싼 껍데기가 투명해질 때까지 계속한다.

우리 집에도 그런 사람 있었다. 스스로 미끼 같은 존재가 되어 외풍을 막아내고자 안간힘을 썼다. 십대에 가정 경제의 한 축을 담당했고 그보다 어린 나이에 부엌살림을 도맡았다. 위아래로 두 살 터울의 형제들이 있었지만 혼자 동분서주하며 묵묵히 불어오고 불어오는 바람을 온몸으로 맞았다. 덕분에 다른 형제들은 공부를 할 수 있었고 크게 고생하지 않았다. 가장 많은 도움을 받은 것이 나였다.

전래동화에 「은혜 갚은 까마귀」가 있다. 그 동화를 읽을 적에는 은혜를 갚는 것이 당연하지 싶었다. 이 이야기가 구전되어 오는 진정성을 인지하지 못했다. 나이를 먹을수록 경제적인 것이든, 마음적인 것이든 받은 것을 갚음한다는 것이 쉽지 않은 일임을 깨닫는다. 또한 갚음은 받은 사람에게 직접 하는 것보다는 다른 사람에게 전이되는 아이러니가 발생한다. 삶의 깊은 이치가 숨어있는 듯하다.

나는 받은 만큼 갚음을 하지 못했다. 고맙고 감사한 마음이 없어서가 아니라 나도 모르는 사이 다른 미끼가 되어 있었기 때문이다. 내가 감당해야 할 무게인 미끼, 내가 속한 가정의 구성원을 잘 먹이기 위해 나름의 물살을 가르며 위험 요소를 요리조리 피하느라 겨를이 없었다. 더러는 황금을 건 미끼를 덜컥 물어서 곤두박질 끝에 벗어나느라 눈을 부릅뜨고 앞만 보고 달린 탓도 있다.

삶은 계산기를 두드려 답이 나오는 숫자놀음이 아니다. 상황에 따른 미지수가 등장하고 미지수를 풀이하는 과정은 사람마다 다르다. 직선으로 답을 구하다 지쳐서 포기하는 사람, 많은 변수를 만나 돌고 돌아가느라 시간이 기다려 주지 않아서 행복이라는 글자 앞에서 무너지는 사람도 있다. 인생이란 여정에서 누구를 위해 내가 살았다는 말만큼 허무한 것이 없다.

처음부터 방어의 미끼가 될 운명이라 생각지 않은 자리돔이다. 살아내기 위해 열심히 먹이 사냥을 하고 해류에 휩쓸리지 않으려 비늘을 세웠다 눕혔다 해가며 살아남는 법을 터득한다. 그런 중에 미끼가 되어 방어를 살찌게 하고 살찐 방어는 사람이 먹는 것이다. 자리돔이 생명의 위험을 느껴서 내가 동료 대신 방어의 입 속으로 들어가리라 다짐하는 것이 아니다. 자연스런 흐름에 의해 의식하지 못하는 사이 잡아먹힌다.

우리는 누구에게 고마움을 표현해야 할까. 아마 방어를 먹으며 덕분에 잘 먹었다고 하는 사람이 대부분일 것이다. 나도 사람을 만날 때면 번드레한 사람에게 후한 점수를 준다. 그가 지금에 이르기까지 감사한 마음을 잘 전하고 있는지는 먼 후일에나 들이대보는 소소한 잣대일 뿐이다.

모든 생물들의 삶은 종을 넘어 연결되어 있다. 미끼가 되기도 하고 미끼를 먹기도 하는, 뫼비우스의 띠처럼 둥글게 순환한다. 그 속에서 받아든 날들을 낱장으로 깁는 치열한 작업의 중심에 내가 있다.

달아, 내 마음이 보이니

　　　　　　추석이 코앞이다. 차례상에 올릴 제수 용품을 메모지에 적은 후 식탁 구석으로 던져둔다. 모레쯤 시장을 한 바퀴 돌아야지, 혼잣말을 한다.

　한때는 설레는 추석이었다. 선물을 들고 오는 언니 오빠들 기다리느라 꼬맹이들은 골목을 뻔질나게 들락거렸다. 해가 진 후에도 누군가의 집에 멀리 떠났던 식구가 돌아왔다. 저녁 늦도록 발소리와 웃음소리가 가득한 마을을 둥그런 달님이 반겨주었다.

　집 집마다 고된 손에서 기쁨이 피어났다. 안팎으로 나뉘어 그릇 닦고 전을 부치고 청소하느라 마당을 도리뱅뱅이질 했다. 밤에는 멍석을 펴고 두레상에 둘러앉아 송편을 빚었다. 누가 예쁘게 빚는지, 누구 개수가 많은지 내기도 하면서 서로 놀리고 깔깔대느라 팔월의 밤은 깊어 갔다. 그렇게 날이 이울도록 어린 마음에는 분홍 물이 남실 댔다.

우리 집은 인절미도 했다. 안반에 찰밥을 올리고 꿍떡꿍떡 떡메를 쳤다. 아버지와 오빠는 떡메를 치고 엄마는 밥을 욱여넣었다. 세 사람의 손이 장단에 맞춰 엽렵했다. 밥알이 떡이 되기까지 흥겨운 리듬은 귀로 듣는 춤사위였다. 초록 고물을 입은 인절미는 색이 고와서 자태가 우아했다. 씹으면 말랑하고 고소해서 입맛이 당겼다. 맛이 절미라고 인절미가 되었다는 말이 딱 맞았다.

추석을 맞이하는 마음은 처지에 따라 변했다. 어릴 적에는 선물꾸러미와 인절미 생각으로 가슴이 부풀었다. 직장 생활을 하면서는 무슨 선물을 사야 할까 고민했다. 결혼해서는 어떤 음식을 차릴지에 신경 쓰였고, 종일 지지고 볶을 일거리에 괜히 명절이 있다고 투덜대는 마음이 컸다.

올 추석 마중은 마음이 무겁다. 유례가 없는 코로나19 팬데믹 현상으로 모임의 자유가 없어졌다. 또한 지역 간의 왕래가 조심스러워 동기간 얼굴을 볼 수가 없다. 대신 목소리로 안부를 전하고 건강해야 다음을 기약한다며 아쉬움 꾹꾹 담아 길게 늘여 보낸다. 추신으로 몸은 멀어도 마음만은 가까이하자 덧붙인다. 더욱이 어머님의 갑작스런 투병으로 경황이 없다.

어머님은 집안의 중심축이다. 결정권을 가져서가 아니고 경제적인 물주여서도 아니다. 형제들 사이에 기름칠을 하여 어머님을 중심으로 관람차처럼 적당한 거리를 벗어나지 않게 하는 축이었다. 추어탕 끓였다 불러 모으고, 곰국 끓였다 나눠 주고, 오곡밥 먹으러 오라 기별을 했다. 명절을 비롯하여 기념일은 물론 이런저런 이유로 서로 정을 쌓고 마음을 나눌 기회를 만들었다. 덕분에 시댁이 낯설던 내가 얼굴을 못 보면 궁금하고 보고 싶은 사이가 되었다.

어머님과 명절을 같이 보낸 지 삼십여 년이 되었다. 어머님은 손이 컸다. 무엇이든 많이 해서 조상님께 올리고 자식들 먹이려고 일을 크게 벌였다. 그래서 음식 장만할 때 불퉁거릴 때가 있었다. 돌아보니 어머님을 돕는 것이 어려운 일도 아니었는데 속 좁게 꿍얼거렸다는 후회가 든다.

아이들이 품을 떠난 지금은 투덜댔던 그 추석이 삼삼하다. 기름 냄새가 집 안을 가득 채우고 어른과 아이들 서로 무탈하게 웃고 떠들었던 날들이 어제처럼 선명하다. 수시로 설거지통에 손 담그며 앞치마 마를 새 없이 부산했던 옛 추석이 좋았다 싶다.

사라져가는 추석 풍경이 아쉽다. 가족을 웃고 울리던 텔레비전 프로그램도 예전과 달라졌다. 온 가족이 둘러앉아 볼 수 있는 것이 별로 없다. 인사차 들고나는 손님들로 들썩거렸던 분위기와 정겨운 말들도 건조해졌다. 아예 추석 인사말이라는 글귀가 정해져서 나온다. 그 시절 학교에는 운동회를 열었고 운동회는 학생들만의 놀이가 아니었다. 마을마다 어른들이 학교로 모였다. 줄다리기와 손님찾기 게임, 계주 달리기에 참여할 선수를 뽑아 열심히 응원하고 막걸릿잔 기울이며 마음껏 즐기는 날이었다. 더는 그런 날이 오지 않을 것 같아 아련한 그리움에 젖는다.

알다가도 모를 것이 사람의 마음인가 보다. 일하기 싫어 꾀병을 부리고 싶었던 명절이었다. 요즘은 가족끼리 송편을 빚었으면 싶고, 전도 푸짐하게 지져서 이웃과의 정을 수북하게 쌓았으면 싶다. 주고받는 인사에도 잣대를 들이대지 않고 은근하게 마음을 전했던 옛 추석이 되기를 꿈꾼다. 지나간 것을 손으로 당겨 와 마당귀에 붙박아 놓을 수 없는 법인데 알면서도 꿈을 꾸는 내 마음을 모르겠다.

달아, 내 마음이 보이니? 🍒

도대불에게 길을 묻다

　　바다로 향한 귀는 늘 젖어 있다. 날마다 촉수를 세운 채 물결의 변화를 재빨리 감지하고자 자꾸만 바다 쪽으로 귀를 늘어뜨린 탓이다. 고기잡이가 주업인 사람들의 세상에서 가장 무서운 것은 자연이 부리는 요술이다. 아무리 철저히 단속하고 준비해도 일 년에 한두 번은 혼쭐이 나곤 한다. 그래서 흐리면 흐려서 걱정, 안개가 끼면 사위를 분별할 수 없어 걱정, 물빛이 지나치게 맑아도 걱정이다. 그런 걱정이 모여서 도대불이 생겼다.

　　도대불은 제주 어부의 길잡이 불빛이었다. 제주지역에서 칠십 년대 초반까지 솔칵이나 생선 기름, 석유 등을 이용하여 불을 밝히는 민간 등대다. 지형이 높은 곳에 주변의 돌로 해안의 특성에 맞게 원뿔형, 원통형, 상자형, 표주박형 모양으로 담을 쌓아 등명대를 만들었다. 해가 지면 높은 대에 불을 밝혀 야간에 배들이 무사히 귀항할 수 있도록 멀리서도 잘 보이라는 소망을 담았다.

불의 모태는 사랑이다. 그리스신화에서 인간을 사랑한 프로메테우스가 간을 독수리에게 내어주는 희생을 치르면서 인간에게 전해주었다. 그의 넓은 마음이 불씨가 되었는지 꺼지지 않는 지순한 온기가 전해진다. 불은 자신을 태워 다른 것을 빛나게 해준다. 그 모습을 닮은 것은 어머니다.

가출 아닌 가출이었다. 고등학교를 졸업하고 취업의 문턱에서 낙방하기를 여러 차례 한 뒤였다. 엄마 몰래 단출한 가방을 꾸려 집을 떠났다. 나의 부재를 안다 해도 하루만 지나면 행선지를 알게 될 것이기에 고민이 짧았다. 동네 친구가 일하는 공장에서 일했다. 초짜인 나는 실수투성이였고 윗사람에게 꾸지람을 듣는 날이 많았다. 무모했던 가출은 두 달 만에 새 직장을 구해서 끝이 났다.

그동안 엄마의 방에는 불이 꺼지지 않았다. 돌아왔을 때 깜깜한 집이면 선뜻 들어오지 못하고 망설일까 싶어서였다. 엄마는 작은 바람 소리에 방문을 열어젖혀 사방을 둘러본 뒤 천천히 문을 닫았고, 나뭇잎 부딪혀 서걱대는 소리를 딸의 발소리라 착각하기도 했다. '누가 왔나?' 하면서 신발을 꿴 날은 눈길이 사립문 위에 오래 머물렀다. 내가 길을 잃어 헤맬 때마다 엄마는 등대가 되어주고 나는 그 불빛을 따라 다시 돌아오곤 했다.

도대에는 불을 밝히는 불칙이 있었다. 수십 년을 바다에서 그물을 걷어 올리며 싱싱하게 펄떡였건만 세월 앞에 장사가 없는지 심장은 얕은 숨으로 그르렁거렸다. 그는 이제 마을에서 연장자가 되어 어둠이 해의 뒤편에서 어정댈 때 불을 밝히고, 어둠 뒤편에서 해가 물장구를 칠 때 불을 껐다. 아직도 눈을 감으면 바다가 훤하고, 물때를 기억하고, 수온에 따라 어떤 어종이 잡힐지 가늠할 수 있다. 그의 고기잡이 노하우는 진작 물려줬지만 성난 바다의 분풀이를 감당하는 현역의 어부에게 조금의 보탬이 되고자 밤마다 불을 밝혔다. 그 고마운 마음을 물고기 몇 마리로 표현하는 사람도 있었다.

도대불이 뱃길만 안내한 것은 아니었다. 철새들이 이동 시 날개 쉼을 할 수 있도록 바위를 찾아주고, 길 잃은 새끼들이 둥지를 찾도록 밝혀주었다. 가끔은 인어가 뭍을 기웃거리지 않게 도왔다. 또 먼 바다를 바라보며 꿈을 키우는 이들에게 든든한 지원자로, 친구로 남아주기도 했다.

불은 순정하다. 아궁이 속에서 활활 타는 장작불을 가만히 보고 있으면 동굴 속에서 참선하는 스님이 겪는 물아일체를 경험한다. 아무것도 보이지 않고 내가 오롯이 불 속에 들어가 있는 듯하다. 타면서 뿜어져 나오는 불의 에너지가 한 곳으로 모여 몰입을 돕기에 가능한 일이다. 또한 가마를 데우는 천이백 도가 넘는 열을 만들어내기 위해 나무는 자신을 태워 흩어지는 빛의 기운을 고요히 가라앉혀 순도를 높인다. 그것은 순수성에 숭고함을 더한 것이다.

제주의 도대불은 숭고함을 품었다. 물고기를 많이 잡게 해달라는 욕심이 아니다. 바다에 맞서 이기려는 건방진 마음도 아니다. 그저 바다로 나간 배가 무탈하게 돌아오기만을 기원하는 불빛이다. 제자리에서 누군가에게 길을 알려주는 역할, 등대 역할만 수행할 뿐이다.

내 등대는 무엇일까? 철없는 지난날, 내 길을 밝혀준 어머니란 등대는 내 곁에 없다. 어디로 가야 할지 막막할 때면 더듬이를 더듬거리며 과거의 길을 되짚어보고 앞으로 나아갈 수밖에 없다. 가끔 시행착오를 겪겠지만 스스로 길을 내며 걸어가야 한다. 믿는 구석이 있다면 절로 힘이 날 테지만 없는 것에 미련을 두기보다 잘 헤쳐갈 수 있는 방법을 연구하는 것이 먼저다.

이제는 내 등대를 찾기보다 내가 등대가 되어주어야 한다. 자식들이 자라 사회에 나가는 나이가 되었다. 자칫 잘못하면 길을 벗어나 방황하는 날이 많을 텐데 내가 쏘아주는 불빛을 따라 천천히 걸어가게 해야 한다. 인생수업에서 배운 경륜을 최대한 발휘할 기회다. 나의 무대를 내어주고 지켜보는 자리로 옮겨 앉을 때가 다가왔다.

물건이든 사람이든 앞줄에 놓인 것은 시간이 지남에 따라 뒤로 밀려나기 마련이다. 젊거나 기능이 좋다는 것 외에 갖가지 이유를 대면서 앞줄을 차지하는 것들이 있기 때문이다. 중심에서 밀려난 도대불은 쓸쓸하다. 불칙이도 쓸쓸했다. 한 시대를 처절하게 견뎌냈고 최선을 다한 결과가 변두리로 내몰려 고물로 전락한다는 것은 참기 어렵다. 푸른 바다를 끼고 해안도로를 달리는 모두에게 내가 건재했었다고 알려주고, 바다와 바다를 넘나드는 바람에게도 제주에는 삶을 함께 지켜낸 도대불이 있었다, 소리쳐주고 싶다. 내가 주체가 되어 격랑을 헤쳐 온 나를 치켜세우지 않으면 누가 의미를 부여할까. 생활 전선에서 밀려날 날이 얼마 남지 않은 나는 도대불에게 길을 묻는다.

바다에 보름달이 환한 밤이면 도대는 추억 줍기에 나선다. 걱정이 문드러지던 오십 년 전은 안온한 불빛이 바다를 향한 채 까만 밤을 밀어내고 있었다. 바다와 바위, 집, 사람이 어우러진 풍경은 사람의 정이 흠뻑 녹아있었다. 갈매기를 따라다니며 날갯짓을 배워보는 여유도 있었다. 삿대에 의지해 그물을 내리는 부부의 소곤대는 소리가 멜로디를 이루어 잠든 고래를 깨우곤 했다. 밤이 새도록 읽어보는 추억의 페이지에는 아련함만 남실댄다. 🍒

사진 감상문

가던 걸음을 멈추게 하는 것들이 있다. 시선을 붙잡는 예쁜 물건과 반가운 얼굴을 보거나 튀는 행동을 볼 때다. 익숙한 멜로디, 그림과 사진에는 눈은 물론 마음까지 빼앗기고 만다. 그런 일은 계획되지 않고 불시에 일어나는 현상이어서 느낌의 파동이 크다. 어두컴컴한 복도에서 만난 사진이 그랬다.

할머니가 시원하게 웃는 모습이다. 건물 이층에 자리한 작은 휴게 공간에 걸려 있는 사진이다. 밤이라 간접 조명이 있어도 사물이 어른거려 계단을 조심히 올라와 소파로 가던 나는 홀린 듯 사진 앞으로 갔다. 할머니의 얼굴에서 빛이 나고 있었다. 팝콘인가 싶어 자세히 보는데 어금니였다. 순간 뒤통수를 맞은 듯 번개가 일었다. 감당키 어려운 선한 기운이 몸에 들어와 심장을 마구 두드리는지 가슴이 둥당거렸다. 나는 할머니의 입 속으로 빨려 들어가는 것 같았다. 말보다 먼저 찰칵찰칵 소리가 났다.

아침에 지난밤 찍은 사진을 불러냈다. 밤새 되돌려 본 마음에 담은 이미지가 헛것일까 떨렸다. 숨을 길게 쉬었다. 서서히 전체적인 모습이 눈에 들어왔다. 밝은 데서 찬찬히 보니 밤과는 다른 순박한 평화로움이 그곳에 있었다. 낡은 소쿠리와 버석한 손, 검게 탄 얼굴이 말쑥하게 피어나는 꽃 같은 웃음이다. 난전에서 채소를 파는 할머니가 앉은 자세로 쳐다보며 웃고 있는데 할머니 앞에는 분명 누군가 서 있겠지만 사진사는 그것은 생략한 채 웃음만 드러내었다.

사진은 순간을 찍어 이야기를 남긴다. 나는 천 장이 넘는 사진을 가지고 있다. 대부분 내가 주인공이고 가끔 마음이 붙드는 풍경이나 물건이 조금 차지한다. 심심할 때면 저장된 사진을 꺼내 보곤 한다. 다양한 포즈로 찍힌 내 모습에서 늘 아쉬운 꼬투리를 잡아낸다. 얼굴에 잡티가 자세히 보여서 싫고, 못생겨서 싫고, 늘씬하지 않아서 싫은, 지우고 싶은 사진이 있다. 있는 그대로가 아닌 형용사나 부사로 꾸며진 모습을 원한다. 과감한 생략이야말로 담담하게 전하는 이야기가 되고 감동이 되는 것을 모른다. 사진사는 할머니의 이야기를 잘 담아냈다.

사진 속 할머니의 하나뿐인 이는 머리말이었다. 그것만으로 살아온 날들이 읽혔다. 아랫니 윗니 스물여덟 개의 이가 난바다를 헤쳐오면서 흔들리고 흔들려서 끔찍한 치통의 밤을 지새며 뭉그러졌을 것이다. 그뿐일까. 뭉그러진 이를 뽑지도 못하고 꾹 삼키고는 속에서 주물럭거린 시간이 또 얼마였을지 가늠할 수 없다. 길게 잇대어진 삶의 터널을 통과하느라 갖은 애를 썼을 것임이 분명하다. 그럴 때마다 새겨진 무늬는 밭고랑 같은 주름으로 남았다. 낱낱의 주름은 일기였고 남을 탓하기보다 그저 자신이 노력하면 되리라는 다짐의 연속으로 채워진 날이었다. 할머니는 폭우와 폭풍을 맨몸으로 맞서 왔기에 티끌 같은 부끄러움도 없을 것이다. 그래서 저 웃음은 진흙 속에서 무심으로 피워낸 에필로그다. 참 아름다운 책을 읽은 기분이다.

꾸미지 않은 모습이 작품이 되었다. 사진사가 시장에서 만난 할머니에게 사진을 찍는다고 이렇게 해주세요, 주문을 했더라면 할머니는 어쩔 줄 몰라 어색함이 묻어났을 것이다. 작가는 프로답게 보이지 않는 곳에서 위치와 각도를 달리하며 수백 장을 찍었고 그중에 하나를 건졌지 싶다. 아마도 종일토록 렌즈를 조였다 풀었다 하며 예술혼을 불태웠으리라. 한 사람의 삶을 필름에 압축하는 작업을 하는 사람으로서 진심으로 상대를 이해하고 존중했으리라는 믿음이 생겼다.

내게는 특별한 사진이 있다. 예술성은 없지만 무엇보다 소중해서 가치가 있는 사진이다. 어머니는 구십을 목전에 두고 뇌졸중이 와서 아픈 몸을 병원에 의지했다. 거기서 조카 결혼식 즈음에 찍은 사진이다. 조카가 사준 보라색 점퍼를 입고 함박 웃고 있다. 비록 병원 침대가 배경이지만 웃고 있어서 귀하다.

어머니는 사진이 별로 없다. 젊었을 적에는 지금처럼 펑펑 찍을 수 있는 형편이 아니었고 손전화가 흔해지고는 마음만 있으면 찍을 수 있었을 텐데 그러지 않았다. 왜 그랬는지 곰곰이 생각해보면 사진은 나들이를 갔을 때나 찍는다는 고정관념이 작용했던 것 같다. 나와 어머니가 같이 여행 간 적이 없으니 당연한 결과였다. 내 모습은 일상처럼 남기면서 어머니를 찍어두지 않은 나는 나밖에 모르는 딸이었다. 이 생각이 들 때마다 내 사랑이 어머니의 사랑에 비해 턱없이 부족했다는 걸 뼛속 깊이 새긴다.

수시로 꺼내 보는 그 사진에서 밀려간 시간을 당겨온다. 보고 있으면 습자지가 물기를 빨아들이듯 스스슥 이야기가 살아난다. 어머니를 볼 때마다 조금씩 줄어드는 몸피를 애써 모른 척하며 딴소리를 했다. 잘 있었나, 먹고 싶은 거 없냐고. 웃고 있는 모습을 보는데도 가슴이 욱신거린다. 몸은 움직일 수 없었지만 정신만은 또렷하여 자식들을 기다리는 목은 조금 길어졌다. 혹여 정신을 놓을세라 기억을 꼭 붙들고 있었다. 오늘이 며칠인지, 무슨 꽃이 피었는지, 모는 심었는지 확인하듯 물었다. 종일 머릿속을 휘저었을 온갖 상념을 나는 감히 상상하기 어렵다.

할머니와 어머니의 공통점은 무엇일까. 귀하게 받은 생명을 누구도 토를 달지 못할 희생으로 시련을 버텨내며 몸의 일부분을 삶이란 이름에 기꺼이 바쳤다는 것이다. 손가락 발가락이 부족하다면 다리도 머리도 미련 없이 내주었다. 하지만 끝까지 포기하지 않은 것은 뜨거운 가슴이었다. 그랬기에 살아온 날들의 경험을 푹 삭혀서 자신만의 꽃을 피워냈다. 모든 것을 비워내고 얻은 저 웃음은 아름답다.

아름답다는 말은 감동을 포함한다. 살아보니 감동할 일이 드물다.

여리던 마음은 세상사 격랑을 건너느라 점차 무디어지고 자신을 돌아볼 여유가 없다. 웬만해선 좋다와 멋지다를 적절히 섞어 감정의 구색을 맞춘다. 하지만 하늘을 붉게 물들이며 노동자의 하루를 경건히 갈무리하는 노을의 품은 아득한 아름다움이다. 그리고 자신이 가진 것을 사랑이란 이름으로 부지런히 퍼주는 넉넉한 씀씀이 또한 가치 있는 아름다움이다. 그럴 때면 나는 조용하고 엄숙한 감동으로 떨린다.

사진은 수명이 길다. 나를 기억하는 사람들이 눈을 감을 때까지 살아 있다. 종이나 손전화의 사진은 보관 상태에 따라 분실되기도 하고 오래되면 품은 이야기가 흐릿해진다. 하지만 눈으로 찍은 사진은 시간이 지날수록 더 선명해진다. 따로 시간을 내지 않아도 순간순간 되살림 기능이 활성화되기 때문이다. 내게도 그런 사진이 있고 닳지 않는 낙인처럼 남아 있다.

인물을 찍는 사진작가는 삶의 여러 형태를 보여준다. 오래된 골목이나 시장, 노동자와 공원에서 시간을 보내는 모두를 수식어 없이 담아낸다. 무심코 지은 표정이야말로 진솔한 인생을 담은 책이다. 어느 것 하나가 더 대단하다고 말하지 않는다. 담백하게 보여준다. 삶이란 바다에서 나름의 방법으로 최선을 다해 나아가고 있는 모두가 훌륭하며 잘 살아내고 있다는 위로를 건네고 있는 것 같다. 작가는 사진에 스스로를 안아 대견하다 다독였으면 하는 바람도 얹는다.

혼신의 노력으로 써 내려간 책은 참 아름답다. 무엇을 느낄지는 각자의 몫이다. 가슴 밑을 흐르던 무거운 물줄기가 조금은 가벼워진다. 🌿

안기러 가다

차가 느리게 달린다. 파도와 갈매기가 썸
타듯 지분거리는 해안도로를 벗어나니 너른 내川가 펼쳐졌다. 바다
에 물들었던 눈이 파란색을 걷어 올리기 전 물소리가 젖어 들었다. 투
명한 물소리가 차르르차르~찰 음악처럼 감겨들어 더없이 느긋하다.

구부러진 길이 펴졌다 다시 구부러지는 동안 내川가 따라왔다. 넓
은 내를 꽉 채우지 못한 물길이 크고 작은 바위를 돌아서 혹은 틈을 비
집고 저만의 길을 유유히 가고 있다. 깎인 바위가 둥그스름하다. 아마
도 바위에 내려앉은 햇살이 고즈넉이 시간을 둥글게 익혔나 보다. 15
킬로미터나 구불구불 이어지는 길에서 제각각인 바위를 보는 재미가
쏠쏠하다.

불영사 일주문 앞에 섰다. 천축산 불영사 현판이 일심으로 진리의

세계로 들어오라 슬쩍 당기는 듯하다. 부처의 그림자가 있는 절, 지친 마음이 이끄는 대로 닿은 곳이다. 거대한 문 앞에서 마음을 가다듬었다. 많은 번뇌가 일어섰다 사그라지고 다시 안개처럼 피어나는 길 잃은 마음을 문밖에 두고 문턱이 없는 경계를 넘었다.

솔향이 달려와 반겼다. 길옆으로 늘어서 있는 소나무가 인사를 하듯 수굿이 가지를 살랑이고 있다. 한껏 들이켜서 깊숙하게 채운다. 숨어있는 새소리도 정겹다. 꽁지깃 까딱까딱 흔드는 재롱둥이 새가 눈앞에 있는 듯 흐뭇하다. 눈을 돌리니 하늘을 가린 나뭇잎 틈으로 들어온 빛이 빗질을 열심히 하는지 잎새들이 반짝인다. 모두가 청량한 향기로 다가온다. 살짝 내리막길을 따라 걷는 걸음에 자박자박 박자가 실린다.

초록이 빚어낸 풍경에 눈도 마음도 시원해진다. 솔숲을 지나니 굴참나무와 싸리나무, 나무를 기어오르는 덩굴들이 어우렁더우렁 어울려 있다. 서로 가타부타 따지지 않고 제자리에서 자신만의 색을 내는 모습에서 마음 수양이 한참 부족한 나를 발견한다.

늘 가진 것보다 갖지 못한 것에 미련이 많다. 미처 채워지지 않는 물질적 정신적 허기를 남의 탓으로 돌리는 고약한 심보를 떼어내고 싶으나 쉽지 않다. 가끔 뒤죽박죽인 채로 날이 선 감정을 갈무리하지 못해 난감한 상황을 만들기도 한다. 그래서 마음이 고단하다. 이제는 정말 내려놓자 다짐한다.

다리 아래로 계곡물이 출출 흘러간다. 없는 길을 만들며 수천 년을 굽이져 낸 길에는 갖가지 조형물이 계곡의 아름다움을 보탠다. 흔한 너럭바위를 비롯하여 보는 이의 심상에 따라 형상이 달리 보이는 새, 사람 얼굴, 부처, 동물 등속이 눈길을 잡는다. 내 마음이 부처면 남도 부처로 보인다는 말에 공감하는 순간이다.

한결 가벼워진 마음으로 불영사에 도착했다. 기암절벽을 끼고 수려한 풍광을 자랑하는 절은 아니지만 신심이 우묵하게 피어나는 절이다. 일주문을 지나 삼십 분 정도 걸어오는 동안 세속의 부질없는 생각들을 다 부려놓고 천축산에 폭 안기면 세상만사 다 잊을 수 있을 것만 같은 절이다. 나보다 바람이 먼저 도착해 내 소식을 전했는지 품 벌려 맞아주는 불심이 향기롭다.

불영지에 연꽃이 아련하다. 법영루 물그림자가 바람의 무늬를 밀어내고 연잎 위에 법경을 펼쳐놓았다. 가만히 귀를 연다. 때묻은 마음을 내리치는 죽비에 속이 뜨끔 따가워진다. 모두가 내 탓이고 내가 부족한 탓이다, 방언 터지듯 고백한다. 그러나 오늘까지는 응석을 부리고 싶다. 슬며시 불심에 기대어 '아무것도 묻지 말고 안아주세요.' 매달린다.

산에서 내려다보는 부처를 올려다본다. 부처는 불영지에서 그림자로도 산다. 불쌍한 중생이라 안타까워할지 측은지심으로 기회를 줄지 아리송하다. 아무렴 어떨까. 내가 내 마음 둘 데 없어 안기러 왔으면 안기면 그만인 것을. 천 근의 무게로 짓누르던 화기와 슬픔이 한쪽으로 비켜났는지 속이 편안하다. 아늑한 품속 같은 불영사에서 다시 일어설 힘을 얻었다.

　물소리 바람 소리 휘휘 몰려 와 경전을 풀어낸다. 받아적는 손이 바
쁘다. 거리가 멀어 그림자로 다녀가는 부처의 마음을 마음에 들이며
고요히 두 손 모은다. 🥀

위대한 작업

　　　　　　　반구대암각화 앞에 서면 위대하다는 말
이 실감난다. 외형적인 크기에 주눅 들어서만은 아니다. 오랜 세월
바위에 새겨져 있었을 누군가의 혼불이 읽히는 것 같아서다. 수천 년
전 누군가로부터 시작되어 여러 사람의 손을 거쳐 새겨진 그림을 보
며 부족의 풍요를 기원하는 주술적인 의미라고 단정하고 싶지 않다.
그것만이라고 생각하기에는 그들의 수고가 이해되지 않는 부분이
있다.
　　바위에 선을 그어 그림을 그리는 것은 우리의 상상을 초월하는 노
동일 것이다. 오늘날의 도구와는 비교할 수 없는 돌칼을 가지고 면
각, 선각을 활용하여 동물과 사람을 자유롭게 표현하여 보는 사람에
게 이야기를 전한다. 손에 상처가 나는 것은 당연한 일이었을 테고

손톱이 빠지는 고통과 높은 곳을 치올려보며 하는 목의 통증을 견뎌내며 했을 작업을 어떻게 받아들이면 좋을까. 족장의 명령으로 가능한 일일까.

우리는 잠시 천장의 먼지를 털어내고자 하는 동작에도 뻣뻣해오는 목 근육통을 참기 힘들다. 하물며 칠팔월 뜨거운 볕에 등을 맡기고 들숨 날숨으로 돌가루를 마시며 작업한다는 것은 상상만으로 도리질을 하게 한다. 우리나라에서는 그림을 그리는 사람을 환쟁이로 무시하다 제대로 평가한 것은 얼마 되지 않는다. 그때의 그들이 받았을 대우는 짐작이 되고도 남는다. 태화강 물결이 나른하여 나는 자꾸만 생각의 늪으로 빠져든다.

팔천 년 전, 그들에게 부족을 뛰어넘는 것은 핏줄에 대한 애정에서 출발하지 않았을까. 암각화에 있는 많은 동물 중 서로 싸우는 모습을 그린 것은 없다. 새끼고래를 태운 어미고래, 사랑에 빠진 멧돼지, 엑스레이 화법으로 그린 그림 등이 있다. 또한 앞 사람이 그린 그림을 최대한 망가뜨리지 않은 것을 볼 때 후손들을 염두에 두었다는 생각을 떨칠 수가 없다. 그들에게 중요했던 것은 여기, 이 자리에 우리가 살았고 나의 피와 혼이 계속 이어지고 있다는 것을 알아달라는 행위라는 해석에 이르자 남실바람이 귓불을 만지는가 싶더니 저만치 달아난다.

핏줄이라는 것이 한 사람의 생에 많은 부분을 차지한다. 옆집 아재가 그러했다. 그는 첩의 자식이었고 어미는 입에 담기 민망한 욕을 곧잘 하는 욕쟁이었다. 집성촌인 마을에서 양반과 상놈을 내놓고 구분하지는 않았지만 생활의 밑바닥에는 엄연한 경계가 있었다. 글을 배운다는 것은 상상을 못 할 일이었고 대여섯 살 어린 사람도 너나들이를 했다. 집안의 대소사에서는 눈에 띄지 않는 곳에서 허드렛일을 도맡아 했고 여러 사람이 뜻을 모으는 일에서는 자신의 뜻을 내세우지 못하고 뒷전에서 어물쩍 따라가기 예사였다. 아재는 혼자 있을 때 어두침침한 얼굴로 반쯤은 멍한 시선을 멀리 두고는 했다.

아재는 나이 쉰이 넘자 갈 길을 정한 듯했다. 대동보를 만들겠다고 집안 어른의 허락을 받으러 갔다. 하지만 거절당했다. 이유는 요즘 시대에 필요성이 없다는 것이었다. 속사정은 네까짓 게 나설 일이 아니다, 글을 모르고 할 수 있는 일이 아닌데 괜히 나서서 집안 망신시키지 말라는 무언의 훈계였다. 아재는 몇 번을 더 찾아간 끝에 허락을 받았다.

그날부터 아재는 홀린 듯이 대동보 작업에 매달렸다. 많은 친척들이 마을을 떠나 도시에 보금자리를 마련한 뒤였다. 전화가 거의 없던 시절, 알음으로 주소를 찾아가면 이미 이사를 갔거나 사람이 없어 밥도 굶고 헛걸음을 할 때가 많았다. 버스를 타고 집집이 찾아가서 족보를 확인하는 일이 힘들었지만 그것보다 더 어려운 것이 있었다. 대동보를 만들려면 돈이 들었기에 넉넉지 않은 살림에 쉽게 돈을 내놓지 않는 사람들을 설득하는 일이었다. 어둑살이 내리는 들길을 걸어오는 아재의 등 뒤로 노을의 색이 따라왔는지 허청거리는 발자국에 붉은 물이 고였다.

아재의 결심은 흔들리지 않았다. 지친 기색은 있었지만 누구를 원망하는 일 없이 묵묵히 진척시키고 있었다. 운동화가 서너 켤레 닳을 때쯤 시큰둥한 반응을 보이던 어른들의 입에서 격려의 말이 나오기 시작했다. 사실 일자무식꾼이 일을 한들 제대로 하겠는가 싶어 낮잡아 보았던 그들이었다. 하지만 아재가 제대로 배운 적 없는 한자를 적어 와서 계보를 정리하는 모습을 보고 마음이 움직였던 것이다. 그 뒤로는 일이 수월하게 진행되어 몇 년 만에 대동보가 완성되었고 거기에는 아재의 이름이 번듯하게 올라가 있었다. 그것을 껴안은 아재의 얼굴에는 햇살 한 줌이 내려앉았다.

그날 이후, 아재의 자세가 달라졌다. 사람들이 많은 곳에서 언제나 뒷전에서 어깨너머로 기웃대던 목소리가 제대로 나왔고 문중 모임에서도 눈치 보지 않고 앞장서서 참여했다. 어른들을 만나면 움츠러들던 어깨가 엉덩이와 일자가 되었고 터벅거리는 발소리가 났다. 집에서도 번듯한 밥상을 요구하였다.

기록의 힘은 대단하다. 수만 마디의 말은 공기 중에 흩어지고 말지만 기록은 거의 영원성에 가깝다. 그로부터 한 세대가 지난 지금 그의 어머니는 잊혀진 존재가 되었고 그의 자식들은 한 가문의 일원으로 당당하게 살아간다. 컴컴한 창고 틈에 스며드는 햇빛은 그냥 빛이 아니다. 그 안에 갇혀 있는 모두에게 다른 세상을 보여주는 일이다. 아재의 고단한 걸음이 자식에게 그 다음 자식에게 밝음을 선사한 것이다.

　반구대 암각화에는 오래 기억되어 잊히지 않기를 원하는 바위새 김이의 마음이 곳곳에 보인다. 고래를 잡는 도구, 갈비뼈, 심장, 배를 갈라 새끼를 꺼내는 모습을 최대한 자세히 그려 놓았다. 그것은 우리가 일기를 쓰는 것과 같은 마음으로 이해할 수 있으리라. 일기는 쓰윽 훑어보면 별것 없는 것 같지만 한 문장씩 음미해보면 자신을 아끼고 사랑하는 마음이 묻어난다. 세대를 이어온 바위새김이는 자신의 인생을 건 신념으로 후대의 핏줄에게 작은 도움이 되고자 암각화에 혼신의 힘을 기울였지 싶다.

　위대하다, 수식어를 꼭 인류 발전에 공헌을 해야만 붙일 수 있는 것이 아니라고 생각한다. 그 길이 험난한 걸 알면서도 나 아닌 다른 사람을 위해 기꺼이 걸어가는 것, 자신의 인생을 걸 만큼 용기와 신념이 있는 사람이라면 충분하지 않을까. 바위새김이의 염원을 손끝에서 피워낸 암각화와 아재의 서러운 신념이 엮어낸 대동보를 '위대한 작업'이라 이름 붙여본다. 🌿

처음

아들의 얼굴에서 빛이 난다. 무엇인가 이루었다는 자부심이 그득하다. 번지점프대 위에서 숨소리마저 떨렸던 순간을 이겨냈기 때문이다. 수십 미터 높이에서 내려다본 아래는 생각보다 아찔했고 깊이를 알 수 없는 낙하 장소의 짙푸름은 공포를 마구 부채질했다. 가족들의 넌 할 수 있다는 응원에 힘입어 두려움을 떨치고 멋지게 날개를 펼치는 '인간새'가 되었다. 그랬기에 두려움을 밀쳐낸 자리에는 뻐근한 환희가 채워졌다.

나는 번지점프대 앞에서 망설였다. 날고 싶다는 마음과 무섭다는 마음 사이에서 갈팡질팡하다가 무섭다는 쪽으로 기울었다. 조금만 더 젊었어도 할 수 있다고 푸념 어린 핑계를 대었다. 실상은 뛰어내린다는 생각만으로 심장의 펌프질이 심상치 않았다. 그래서 아들의 처음을 응원하면서 그 순간의 증인이 되었다.

번지점프를 이루어 낸 사람과 지켜 본 증인의 차이는 무엇일까. 증인은 이루겠다는 의지와 실천의 결단성이 부족한 사람이다. 아마도 얕은 지식을 발판으로 질척거리는 걱정과 불안, 무서움을 끊어내지 못한 탓이다. 그 대가로 주인공이기보다 들러리가 된다. 도전에 있어 처음은 많은 용기가 필요하다.

처음은 시작과 끝의 느낌이 달라지기도 한다. 처음 가슴 봉긋한 설렘으로 시작하여 눈물 쏙 빼는 비극으로 끝나기도 하고, 무거운 마음으로 시작하여 샘물처럼 산뜻한 기쁨으로 끝나기도 한다. 마치 곡예사의 곡예처럼 뜻대로 되지 않을 때가 많은 단어다. 내가 한 처음이란 성적표는 무엇이 되건 행동으로 옮겼을 때 받을 수 있다.

사람이 걸어가는 길에는 다양한 모습의 처음을 만난다. 첫 여행, 첫 사랑, 첫 직장, 첫 이별, 첫 실패 등. 그것을 맞이하는 자세는 사람마다 다르고 각자의 방식으로 온 힘을 다해 이해하고 대처하고 해결해 나간다. 한 고비 겪어낸 시간의 자리마다 흔적이 남아 결을 이룬다. 결은 성숙의 정도에 따라 크기를 달리하며 쌓여서 개인의 역사가 된다.

나에게도 잊지 못할 처음이 있다. 아버지와의 이별은 나이를 먹을수록 붉어지고 데인 것처럼 쓰라리다. 몸이 약한 아버지는 집안의 걱정거리였다. 넉넉한 집이었다면 경제적인 문제가 없었겠지만 약 한 첩 달이기 버거운 형편으로 아버지의 병 수발은 가난으로 이어졌다. 점점 어두워지는 아버지의 안색만큼이나 불만의 농도가 짙어졌다.

아버지의 존재가 짐이 되었고 차라리 깔끔하게 마무리하는 것이 좋다고 생각할 즈음 갑자기 하늘의 별이 되었다. 염을 하는 것을 지켜보며 나는 몇 번의 토악질을 했다.

그 날 이후, 나는 돌덩이를 매달고 살고 있다. 때때로 떠오르는 아버지에 대한 기억은 가쁜 숨에 신음이 낮게 실려 있다. 그때 아버지의 존재감과 아버지의 고단했던 삶을 미처 헤아리지 못했던 자신을 모지락스레 자주 닦아세운다. 친구들은 열여섯에 집안의 경제적인 책임을 떠맡아 들로, 공장으로 일하러 갔다. 아마 그들은 산다는 것의 정체를 조금은 알았지 싶다. 나는 물정 모르고 천지 분간 못 하는 철부지였다.

오십이 넘어도 처음을 떠올릴 때 설렘이 가득한 사람이 있다. 그는 세상이란 거대한 난장에서 굿거리장단에 들썩여보지 않은 사람이다. 그와 고민을 나눌 수 있을까. 그는 모두가 옳다고 하는 모범답안을 읊으며 어설픈 훈수를 두는 것으로 할 일을 다 했다, 생각할 것이다. 상대의 말에 끄덕여주고 가볍게 어깨를 툭툭 두드려주는 것, '이해해', '그랬구나', 이 짧은 말에 녹아있는 의미를 온전히 알까.

누구나 경험한 만큼의 인생의 깊이를 더한다. 수많은 책에서, 박학다식한 교수나 선생의 강의에서 깨닫지 못한 것을 우리는 경험에서 체득한다. 그리고 아는 만큼 나눌 수 있다. 수박 겉 핥기의 지식이야 달달 외우면 되겠지만 그것이 내 삶에 얼마나 보탬이 될지 미지수다.

인생 2막을 설계하는 내 고민이 깊어진다. 젊은 시절에야 어떤 것을 처음 시작하면 두렵기도 했지만 실패한다 해도 다음이 있다는 믿음이 있어서 과감하게 도전장을 내밀었다. 하지만 지금 '처음'은 마음 먹기가 망설여진다. 정말 할 수 있을까, 정말 해도 괜찮을까, 수없이 물음을 던진다.

처음이란 이름을 단 버킷리스트를 적어본다. 혼자서 백두산 가기, 나만의 작업실 만들기, 한 달간 해외에서 살아보기, 해녀 되어보기, 자연인으로 살아보기, 책 출간하기, 패러글라이딩 해보기, 숨쉬기 운동만 하고 열흘 지내기. 쓰고 나니 특별할 것도 없는 그저 그런 일이건만 이 나이 먹도록 못 한 것은 허접스런 사설일 뿐이다.

버킷리스트를 이루기 위해서는 지금이 중요하다. 체력을 키우고 정보를 찾고 공부를 해야 한다. 무엇보다 인생 1막을 잘 마무리해야 한다. 이일, 저일 쓸데없이 벌이지만 말고 하나씩 정리하여 버릴 것은 버리고 챙길 것은 챙겨야 한다. 두고두고 곱씹어볼 가치가 있는 것들은 내 곳간에 차곡차곡 쟁여둬야겠다.

지나간 것은 나름의 의미가 있다. 숨기고 싶고 부끄러운 일들이 왜 없을까. 아버지가 병으로 사투를 벌일 때 나만 생각했던 지우고 싶은 순간 같은. 그것조차 나의 일부이며 나를 키운 성장 영양제였다. 그때의 내가 있었기에 후회하는 일을 만들지 않으려고 노력하며 산다. 그토록 후회하는 일조차 그리움이란 이름표를 붙여주고 싶을 때가 있다. 나이가 든다는 것은 내가 걸어가는 길에 꽃길뿐만 아니라 가시덤불도 견뎌냈다는 흔적에 가치를 부여한다.

번지점프대 앞에서 사람들이 발길을 돌리기도 한다. 내기를 걸고 도전을 외쳤지만 눈앞에 다가온 처음의 무거움에 몸을 사리는 것이다. 아직은 시간이 있다는 이유로 나약한 자신을 위로하며 나중을 기약한다. 지금 같은 순간이 쉽사리 오지 않음을 알지 못하는 까닭이다. 하지만 도전하려고 마음먹었던 자체만으로 전보다 조금은 달라졌고 조금은 더 넓어진 가슴이 되었다.

일생은 끊어서 이어진 선이 아닌 연속선이다. 세상의 모든 처음은 연약한 심장에서 쥐어짠 용기와 호기심에서 시작되어 점으로 남는다. 그 작은 점들을 이어 선이 되고 이어진 선 위에는 무수한 이야기가 숨어 있다. 많은 처음을 겪으며 처음은 설렘을 동반한 두려움의 또 다른 모습임을 알게 되었다.

그래서 나는 내가 도전할 처음을 위하여 떨리는 도전장을 내민다.

포구, 알알이 붉은

몇 해 전부터 포구가 머릿속에 똬리를 틀었다. 모양이며 맛이 생생하여 눈앞에 삼삼했다. 먹고 싶다는 마음이 커서 재래시장에 갔는데 보이지 않았다. 아직 맛이 그대로인지 궁금하여 포구를 먹고 싶은 갈증은 점점 커졌다. 가을바람이 귓불을 스치면 입맛을 다시며 몸살을 앓곤 했다.

포구는 토종 보리수 열매다. 보리똥, 물포구, 보리수로 불리기도 하지만 내 고향에서는 포구라 불렀다. 동글동글 작은 알이 조롱조롱 모여 열린다. 빨간 열매에 흰 반점이 무늬를 만들고 속에 씨를 품고 있다. 어린 시절, 산에서 만나면 알알이 눈을 붙잡아 손이 바빴다. 주섬주섬 따 먹으며 주머니에 담고 보자기에 싸서 집에 가져왔다. 알불 아래서 깨끗이 다듬어진 포구는 어머니가 이고 장으로 갔다.

포구, 알싸한 그리움으로 가는 티켓이다. 한 알씩 먹는 것보다 한 움큼을 입안에 털어 넣고 씹어야 맛있다. 와작 씹으면 살짝 떫은맛에 이어 새곰한 맛이 몸을 부르르 떨게 했다. 연달아 우물거리면 달큼한 맛이 혓바닥을 어루만졌다. 어느 해의 일이다. 그때는 자취를 하던 때이고 전화도 없어 서로 연락이 잘되지 않던 시절이었다. 퇴근하고 집에 오니 어머니가 설탕을 솔솔 뿌린 포구를 먹으라고 주었다. 숟갈로 푹푹 떠먹었다. 어저께 먹어본 듯 선명한 감각이다. 입술에 붉은 물 들이며 뛰어다녔던 고향의 풍경도 스르르 살아난다.

간만에 소꿉친구들을 만났다. 포구 하면 생각나는 추억이 있는지 물었다. 산에서 포구를 따다 가시에 찔렸던 일, 벌집을 건드려 줄행 랑을 치다가 땄던 포구를 엎었던 일, 어떤 골짜기에 많이 있어서 몇 번이나 따러 갔던 일 등. 그 시절의 추억담이 쏟아졌다. 포구라는 말 에 저마다 잊었던 산천을 떠올리며 그땐 그랬지, 아련한 웃음이 걸 렸다.

나는 어릴 적 시간을 더듬는 여행이 잦아졌다. 포구가 만들어 낸 길 이다. 오징어게임과 숨바꼭질하던 골목, 산딸기, 머루, 망개, 포구를 따 먹던 산이며 두레상에 오르던 무밥, 호박범벅, 콩죽 따위를 지도 에 그리듯 마음에 새겼다. 고샅길로 연결된 놀이터에서 일어난 일이 며 계절별로 먹었던 먹거리를 조금씩 수정하기 몇 차례였다. 그래서 정확할 거라 믿었지만 가족이나 친구들과 맞춰보면 엉뚱한 것도 있 었다. 순전히 나를 위한 나만의 맞춤형 탐독지도일 뿐이었다.

지도에 점으로 남은 것들은 지나온 시간을 연결하는 징검돌이다. 돌 주변은 희미해진 사건과 감정의 덩어리들이 부유한다. 언저리를 배회하는 흔적들을 잡아채서 얼기설기 엮으면 풍성한 이야기가 만들어진다. 더러는 징검돌 사이를 연결하지 못해 끙끙대기도 하고 여기저기 전화질을 해서 기억을 이어보기도 한다. 담담히 시작된 순례길은 포구에서 더 나아가지 못하고 멈추는 횟수가 늘었다.

　이유를 알 수 없는 제자리걸음이었다. 누구나 가끔은 아궁이에 불씨를 뒤적이듯 추억 한자락을 곱씹는 날이 있다. 그뿐이라, 답을 내리기에는 시원찮았다. 그 자리를 맴돌 때마다 무지근한 명치를 눌러야 했다. 기어코 포구를 먹어야만 맺힌 몸살이 나을 것 같았다.

　자주 시장을 기웃거렸다. 난전에는 갖가지 채소와 가을을 담은 과일이 소쿠리에 올라앉아 손님을 부른다. 발소리 엇갈려 지나는 틈틈이 흥정하는 소리도 끼어들었다. 나는 구석구석 바삐 눈을 굴렸다. 어디로 가는지도 모르고 사람들에 휩쓸려 간 곳에서 걸음을 멈췄다. 감을 소쿠리에 소복이 쌓아놓고 팔고 있는 펑퍼짐한 곡선의 뒷태를 본 순간이었다.

　포구, 나를 붙잡은 정체가 그이였구나! 나에게 포구의 맛을 알게 하고 포구를 팔던 야무진 장사꾼이자 내가 간절히 살 비비며 온기를 나누고 싶은 여인이다. 어떤 어려움도 끄떡없이 펄떡이는 심장으로 삶의 행로를 걸었으며 매 순간 최선을 다했다. 부족한 형편이지만 다섯을 넘치는 사랑으로 키워 준 사람, 내 그리움의 여정에 언제나 불을 켜는 사람, 어머니.

　어머니의 몸에서 힘이 빠져나갔다. 수년째 병상에서 눈으로만 세상사를 읽으려 애를 쓴다. 뻐끔한 눈을 마주할 때마다 마음이 무너졌다. 내 몸살의 근원은 포구의 붉은 물이 그이와 함께 한 인생문을 열길 바란 모양이다. 어머니가 젊었던 날을 기억하며 스스로가 잘 살아냈다 인정할 수 있기를. 포구즙 같은 비가 눈앞을 가린다. 🍒

프리즘을 통과하는 법

　　날이 좋아 나선 길이 신화마을에 닿았
다. 안내도에는 큰 골목의 줄기에 작은 골목이 가지치기 되어 있다.
명화의 골목, 시의 골목, 고래의 골목 등이 있었다. 벽화를 따라 구부
러졌다 다시 만나는 골목의 표정이 해사하다. 이름에 걸맞은 스토리
를 입혀 걷는 재미가 있었다. 쥐들이 발발 돌아다니듯 골목을 돌아치
며 벽화가 깨운 풍경 담기에 바빴다.

　마을은 고요했다. 고양이 몇 마리 보이고 한참이 지나서야 겨우 할
머니 세 분을 보았다. 여기저기 고개를 디밀었다. 분홍담 너머로 들여
다본 집은 벽이 무너지고 마당에는 잡풀이 무성했다. 그런 집이 여럿
이었다. 낮은 처마여서 햇빛이 들어오지 못하여 멀리서 서성이다 돌아
선 집들은 곰팡이 꽃이 자라고 있었다. 사람이 사는 집도 뒤죽박죽 쌓

아둔 물건과 다 닳은 신발, 소쿠리가 보얀 먼지를 뒤집어쓰고 있었다.

고래 그림 앞에서 멈췄다. 그림은 수영하는 아이가 헤엄치는 고래의 턱을 만지자 고래는 할아버지 같은 웃음으로 반긴다. 금을 넘어 파란 물이 밀려왔다. 내 주위에는 마을에서 본 갖가지 고래들이 꼬리를 휘저으며 유유히 헤엄을 치고 있었다. 마음이 포실해지려는 찰나였다. 게시판에 펄럭이던 월세 이십만 원, 방 하나 부엌 하나 벽보가 잉잉 울었다. 문득 이 마을에는 벽화 속에 갇힌 고래처럼 이러지도 저러지도 못하는 연약한 고래들이 살고 있다는 생각이 들었다.

마을은 공동체의 공간이다. 사람들이 모여 유기체적 조직을 이루고 생활을 공유하며 정서적 유대를 이루어 나가는 곳이다. 그곳에서 서로를 향해 열린 통로인 골목은 사람과 사람 사이를 끈끈하게 이어준다. 구성원들은 물질적 풍요를 위해 노력하고 자손을 번성시키기도 한다. 마을이 살아 움직이려면 각자의 자리에서 얽히고설킨 역할이 어우러져야 한다.

신화마을은 한때 많은 이들의 보금자리였다. 공단에는 일손이 필요했고 돈벌이가 필요한 사람이 몰려들었다. 한 지붕 세 가족으로도 집이 모자랐다. 공단에 출근하는 사람이 대다수였으므로 월급날은 온 마을이 흥으로 들썩였고 밤낮없이 발소리, 싸움 소리, 웃음소리가 골목골목을 누볐다. 수돗가에서 엉덩이 부딪치며 투덕거려도 미운 정 고운 정을 나누는 사람냄새 나는 마을이었다.

세상은 빠르게 변했다. 도시에는 아파트가 들어서고 번듯한 주택이 늘어났다. 사람들은 너나없이 더 나은 곳으로 이사 가기를 꿈꾸었고 그 꿈을 차근차근 이루어갔다. 자전거를 이용하여 출퇴근하던 사람들이 자동차에 흠뻑 빠졌다. 그동안 정들었던 마을을 떠나기 싫어 뭉그적대던 사람들도 자식 교육을 앞세워 슬금슬금 보따리를 샀다. 그렇게 떠나고 남은 사람들은 생활 전선에서 물러난 퇴역 일꾼들뿐이었다.

신화마을만 그런 것은 아니다. 내가 자란 고향마을도 그랬다. 새마을운동의 '잘살아 보자'는 구호를 믿고 집집이 아들과 딸을 도시로 떠나보냈다. 처음에는 생활비에 보태라고 꼬박꼬박 보내주던 돈은 객지에 가정을 이루자 끊어졌다. 때마다 찾아오던 고향 나들이 횟수가 줄어들더니 번거롭다며 이사를 재촉했다. 싫다고 보채던 가족들은 편의를 따라 도시를 택했다. 골목이 조용해지고 빈집이 늘었다. 지금은 허리 굽은 어른들만 오종종 모여서 옛이야기에 열을 올린다.

내가 살고 있는 동네도 많이 변했다. 처음 왔을 때는 살기 편하다는 소문이 나서인지 시장에 가면 어깨를 부딪치기 일쑤였다. 웬만한 것은 동네에서 다 해결이 되었다. 주말이면 도로 양옆으로 난전이 펼쳐져 구경하는 재미도 쏠쏠했다. 놀이터에는 아이들이 모여 와자글 웃음소리가 넘쳤던 곳이었다. 몇 년 전부터 시장의 품목이 줄어들고 난전이 없어지더니 이제는 놀이터에서 아이들을 보기 드물다. 대신에 공원 벤치를 차지하고 있는 할아버지 할머니가 많이 보였다.

흐름을 쫓아가지 못한 프리즘에 갇힌 동네가 되었다. 삶의 공간은 생물처럼 움직인다는 것을 망각한 탓이다. 외부에서 들어오는 개발의 바람과 최신 문화를 받아들여야 했다. 그랬더라면 들어온 빛이 프리즘을 통과하며 다양한 각도로 투영되어 새 빛으로 거듭났을 것이다. 우리의 각성이 한 박자 늦어서 안타깝다.

전자기기를 이용한 문화를 배워야 할 필요성이 넘쳐난다. 시시때때로 쏟아지는 지구촌 뉴스를 대강이라도 알아야 대화에 참여할 수 있다. "너 그거 알아?" 물었을 때 바로 대답하지 못하면 저만 모르는 것 같아 더 자주 기계를 찾는 사람들이다. 소셜네트워크를 통한 소통창구, 코로나 시대 언택트 교육과 강의, 밴드로 묶인 다양한 모임 활동 등으로 서로를 알아가고 배운다. 일반인이 잘 모르는 법에 관한 지식은 정말 꿀팁이다. 잘만 활용하면 시간 절약하여 알짜배기 정보를 공짜로 얻는다.

지금껏 나는 새로운 문화 몰라도 잘 살 수 있다며 얼버무렸다. 마음 한편에 사람들이 익숙하게 다루는 전자기기문화에 대해 거리낌이 있어서였다. 하루가 다르게 업그레이드되어 변신하는 기계의 능력을 볼 때면 공상과학영화가 겹쳤다. 생활의 편리라는 이유로 개발된 인공지능스피커를 비롯하여 음성으로 명령만 하면 실행되는 기기들을 볼 때면 자꾸 걱정이 되었다. 저런 사소한 기능까지 기계의 힘을 빌린다면 나는 무엇을 해야 할까. 더 미적거리면 프리즘을 통과하지 못한 빛들이 그들만의 세상에서 살아가듯 나도 오래된 사고에 갇혀 살 것 같아 두려웠다.

요즘 나는 프리즘을 통과하려 애를 쓴다. 스마트폰 사용이 서툴러 세대 간 틈을 메우려 아이들에게 이것저것 묻기 바쁘다. 새로운 것을 배우고 돌아서면 가물가물해서 열 번은 배워야 한다. 폰으로 은행 업무를 보고 개인방송을 하는 사람을 보면 별나라 사람인 것 같다. 특히 QR코드를 찍어 그림 설명과 음악을 듣는 것은 물론이고 생산물의 운송 경로까지 알 수 있다니 놀라울 뿐이다. 아이들에게 구닥다리라는 소리를 들어가며 밴드 만들기, 댓글 다는 법 등 몇 가지를 익혔다

　마을이든 사람이든 변화하는 물결에 유연하게 대처해야 한다. 지나온 시간에 얽매여 편한 상태에 천착하면 발전은커녕 안과 밖의 경계를 만들게 된다. 하나둘 떠나간 마을의 쓸쓸한 마을지기가 될 것이고, 새로운 물결에 탑승한 떠들썩한 이들 옆에서 곁가지로 살게 될 것이다. 그러다 그물에 걸린 고래가 바다를 그리워하듯 프리즘에 갇힌 채 바깥을 기웃거리지 싶다. 머릿속에서 종소리가 요란하다.

　신화마을, 오래된 마을에는 고래가 산다. 벽화 속 고래는 골목의 무채색 프리즘에 갇혀 있다. 펄럭이는 지느러미는 벗어나려는 안간힘이요 바깥세상을 향한 간절한 몸짓이다. 고래가 새로운 물결에 올라탈 수 있는 날은 언제일까. 이것과 저것의 경계를 뛰어넘고 느리게라도 변화를 받아들여 더 넓은 세상으로 나아가기를 응원해 본다.

　새 빛을 향한 여정은 설렘이 반짝이는 시간이 될 테지. 꿈을 짓는다.

딸의 꿈은 요리사

이다음에 커서 뭐 되고 싶냐. 아이들은 어려서부터 이런 질문을 꽤 받는다. 발음이 제법 또랑또랑해지고 텔레비전 앞에서 곧잘 엉덩이를 실룩일 때면 친지들은 입방아를 찧는다. 네 꿈이 뭐냐고. 조그만 입을 쫑긋거리며 하는 대답이 재미있어서 자꾸 묻다 보면 성급한 어른들의 욕심이 얼굴을 내민다. 가수가 되고 싶다 하면 그거 말고 장군 해라, 의사 해라 구슬린다. 어른의 입장에서 믿을 만한 직업을 은근슬쩍 권하는 것이다.

딸애는 유치원에 다닐 때 처음 꿈이란 말을 알았다. 선생님이 가족, 좋아하는 음식, 꿈에 대해 '나의 소개'를 써오라 했다며 꿈이 무슨 뜻인지 물었다. 꿈은 네가 커서 정말 되고 싶은 거라고 했더니 선생님도 그렇게 말했다며 고개를 끄덕였다.

딸은 발레리나, 미스코리아, 선생님이 꿈이라고 썼다. 발레리나와 미스코리아는 내 입김이었다. 선생님이 되고 싶다는 딸을 부추겨 두 가지를 더 쓰게 했다. 딸인 만큼 얼굴도 예쁘게 자라기를 바라서였다.

딸은 아기 적부터 통통했다. 사람들은 젖살이 빠지면서 키가 되니 괜찮다고 했지만 나는 걱정이 되었다. 아이가 밥을 먹을 때마다 미스코리아, 발레리나 되려면 날씬해야 한다는 말을 수도 없이 했다. 그러면 딸애가 날씬해지고 싶은 마음이 들까 싶었다.

초등학교 4학년이 되자 딸의 꿈은 선생님에서 요리사로 바뀌었다. 그 말을 듣는 순간 내 안에서 와르르 무너지는 소리가 났다. 요리사라니, 하고 많은 일 중에 하필이면 요리인가. 세상의 요리사들이 다 나를 욕한다 해도 내 딸이 요리사 되는 것은 싫다.

요리사 되지 말라면 딸은 펄쩍 뛴다. 맛있는 음식을 만드는 일이 얼마나 좋은데 그러느냐고. 딸은 먹는 것을 참 좋아한다. 냄새도 기막히게 잘 맡는다. 학교에서 돌아오면 인사보다 배고프다는 소리가 먼저 나온다. 무엇을 먹고 있으면 음식 삼매경에 빠진 듯 행복해 보인다. 그러니 요리사가 된다는 것도 무리가 아니다.

하루는 딸이 친구 집에서 피자를 만들고 싶다며, 그래도 되냐고 묻는 전화가 왔다. 학원 갈 시간에는 오겠지 싶어 선선히 그러라고 했다. 시간이 지나도 소식이 없어 연락을 하려니 전화가 없는 집이었다. 몸이 달았다. 마침 아들이 그 집을 안다기에 앞세우고 찾아 나섰다. 나를 보자 딸은 '엄마!' 하며 반가워했다. 속에서 불이 나는 것을 억지로 참느라 내 얼굴은 붉으락푸르락일 텐데 딸은 그저 좋기만 한 모양이었다. 가자고 했더니 이제 다 만들었다며 제 몫을 은박지에 싸서 챙겼다. 나는 그만 웃음이 나왔다.

어느 날, 딸이 요리를 했다. 시장에 다녀오니 피자, 샌드위치, 동그랑땡을 만들었다며 빨리 먹어 보라 재촉을 하였다. 딸과 아들은 나를 보며 연방 맛있지, 했다. 아들도 거든 모양이었다. 무슨 특별한 맛이 있을까만 만든 노력이 기특해서 등을 두드려 주었다. 그러면서도 한편으로는 이러다 자꾸 요리에 재미를 붙이면 어쩌나 싶었다.

오늘도 딸은 저녁을 짓고 있는 내 곁에 와서 기웃거린다. 맛있는 냄새가 난다며 거들겠단다. 음식 만드는 일이 얼마나 힘든지 알아야 요리사 한다는 소리를 안 하겠지 싶어 이것저것 시켰다.

"어이 조수, 파 씻고 양파 꺼내오고 마늘도 다져라. 요리사 아무나 하는 줄 아나. 차라리 푸드스타일리스트 해라."

푸드스타일리스트는 어울리는 식기를 골라 음식을 모양내서 담고 좀 더 맛깔스럽게 보이도록 장식하는 사람이라고 말해 주었다. 그게 요리사보다 멋져 보이지 않냐고 넌지시 물어보았다. 그래도 여전히 요리사가 더 좋단다.

딸과 이런 얘기를 주고받자니 언니 생각이 났다. 한 번도 언니에게 꿈이 있다고 생각한 적이 없다. 언니와 나는 일곱 살 차이다. 그리 많은 나이 차가 아닌데도 언니는 우리 집을 떠받치는 기둥 노릇을 하느라 손에서 일을 놓지 않았다. 그 바람에 결혼도 늦었다. 나는 언니가 어머니를 도와 집안을 꾸리는 것이 당연한 일이려니 했다. 철이 없었어도 그렇지, 생각하면 가슴이 에인다. 언니에겐들 꿈이 없었으랴. 언제나 자신보다 가족을 먼저 생각해야 했으니 내색하지 못했을 것이다.

사람들이 저마다 꽃을 품고 있다면 언니의 꽃은 보라색 나팔꽃일 게다. 참고, 또 참은 멍울이 그렇게 피어나지 않았을까. 자신이 닿지 못하는 세계를 향해 키를 키웠지만 마음을 눌러야 했으니까. 꼭 한번 물어보고 싶다. 언니의 꿈은 무엇이었는지.

딸이 요리사 되겠다는 걸 말리고 싶은 것은 내 욕심이다. 내가 못한 것을 딸이 했으면 하는 바람 때문이다. 무엇보다 딸이 한곳에 얽매이지 않기를 바란다. 자유롭게 이곳저곳을 다니고 세계를 누빌 수 있는 일, 그런 일을 했으면 좋겠다.

백화점 문화센터에 방학을 이용한 꾸러기 요리교실이 있다. 딸을 위해 수강신청을 했다. 요리는 취미로만 하고 다른 꿈으로 바뀌길 바라는 마음은 변함이 없다. 그래도 딸이 요리사 꿈을 버리지 않는다면 다음에는 요리학원을 알아봐야겠지만. 🌰